Kanjerkamp

Kanjerkamp

Richard Backers

Tekeningen: Dirk van der Maat

educatieve
uitgeverij
Maretak

De Nieuwe Maretak is de voortzetting van *De Maretak*. In deze serie verschijnen boeken die spannend, avontuurlijk of fantasievol zijn. Het zijn boeken die kinderen vanaf tien jaar graag lezen. De boeken hebben een technisch leesniveau vanaf AVI 7.

Vierde druk, 2007

Illustraties: Dirk van der Maat
Omslagontwerp: Concepts Design/Robert Vulkers
ISBN 978 90 437 0095 5
NUR 140/282
AVI 8

1 Op kamp

De oude blauwe Volkswagen Kever van meester Bastiaan rijdt pruttelend veld G van camping 'De Vossenbulten' op. Vijf auto's en een personenbusje vol bagage volgen. Meester Bastiaan weet precies de weg. Als klein jongetje kampeerde hij hier al met zijn vader en moeder.
'Washok, kampvuurplaats', wijst hij door het opengedraaide raampje.
'En daar de zandbak voor Jan-Willem', knipoogt meester naar de achterbank.
'Ha, goeie grap, meester!'
Jan-Willem tikt op zijn voorhoofd. Meester Bastiaan ziet het in de achteruitkijkspiegel. Hoofdschuddend stuurt hij zijn auto met een scherpe bocht tussen twee grote kastanjebomen door.
'Moeten jullie nou eens opletten!' roept meester, terwijl hij afremt. Nieuwsgierig kijkt Jan-Willem door het raampje naar buiten.
Wat een groot veld en wat een joekels van tenten! Nog voor de auto stilstaat, vliegt het rechter portier open.
'Alle kinderen van de Notenbalk, uitstappen!' roept meester en hij draait zich om. Dat hoeft hij geen twee keer te zeggen. Juichend rennen zijn vier passagiers het kampeerterrein op.
'Waar wil je de spullen hebben, meester?' roept de vader van Julian, die half uit het raam van zijn busje hangt.
'Parkeer hem maar voor de middelste tent!'
'Komt voor elkaar', antwoordt de chauffeur vriendelijk.
Plakkerig van het zweet stapt meester Bastiaan uit.
Juf Marleen loopt met een weekendtas in de ene en een gitaar in de andere hand op hem af.
'Wat een prachtige camping, Bastiaan!' roept ze enthousiast.

De glimlach op meesters gezicht verdwijnt, als hij ziet hoe een paar kinderen de grootste tent als glijbaan willen gebruiken, door langs de zijkant van het zware tentdoek omhoog te klimmen.
'Jongens, dat kan niet!' roept hij. 'Ik wil geen last met de beheerder hier!'
'Zullen we gelijk de tenten maar indelen?' vraagt de moeder van Marjolein. 'Dan hebben ze tenminste iets te doen.'
'Goed idee, Bastiaan heeft de lijst', antwoordt juf Marleen.
Marjoleins moeder leest snel de namen op het papiertje, dat meester haar in de handen drukt. Tegelijkertijd ziet ze vanuit een ooghoek twee jongens met zware tassen op een tent aflopen.
'Ho, wacht even, dat is jullie tent niet!'
Verontwaardigd kijken Steven en Jan-Willem achterom.
'Mogen we niet kiezen waar we liggen?' fluistert Steven.
'Marjoleins moeder denkt zeker dat ze de baas is.'
'Hier komen!'
Met een zucht zwaait Steven zijn slaapzak over zijn schouder.
'Toe, schieten jullie eens op!'
'Rustig, ik heb vakantie!' moppert Jan-Willem.
Steven schiet in de lach en zonder zich te haasten wandelen de beide jongens terug naar de groep.
'Er zijn zeven slaaptenten', deelt mevrouw Ophuizen mee.
'Twee voor de groten en vijf voor de kinderen. De middelste is voor meester.'
'Helemaal voor hem alleen?' roept Jonne verbaasd.
'Omdat ik snurk!' verdedigt meester Bastiaan zich.
'Vijf tenten, zesentwintig kinderen, twaalf meisjes, veertien jongens.'
De moeder van Marjolein gaat onverstoorbaar verder. Als de slaapplaatsen ten slotte zijn verdeeld, is bijna iedereen tevreden. Meester Bastiaan kent zijn groep en weet precies wie bij elkaar willen slapen.

'Het is nu bijna half elf', zegt juf Marleen. 'Jullie hebben tot twaalf uur de tijd om alle spullen uit te pakken en de tent in te richten. Omgeving verkennen mag ook, maar wel in de buurt blijven.'
'Anders hoor je mij niet', voegt meester eraan toe. Onverwachts blaast hij op een grote koperen scheepstoeter. De meeste kinderen drukken hun handen tegen de oren.
'Twee keer toeteren betekent verzamelen!' lacht meester Bastiaan.
'En doof worden!' vindt Julian.
'Altijd op deze plek vlak voor de grote eettent.'
'Mogen we nu gaan?' vraagt Jonne ongeduldig.
'Als we onze chauffeurs hebben uitgezwaaid', antwoordt meester en wijst naar de vaders en moeders, die gezellig zitten te praten aan de grote eettafel. De vader van Steven staat net op.

'We gaan er weer vandoor, meester!' roept hij. Koens moeder geeft haar zoon een kus.
'Veel plezier en goed op jezelf passen', zegt ze.
Als Koen merkt hoe een paar jongens staan te grijnzen, schaamt hij zich een beetje.
'Dag allemaal!'
De chauffeurs stappen in hun auto en vrolijk toeterend rijden ze het terrein af. Alleen Julians vader is blijven zitten. Zijn busje moet nog worden uitgeladen.
'Luister nog even allemaal', roept meester de kinderen bij elkaar. 'We houden ons aan de gemaakte afspraken. Ze kennen me hier nog van vroeger, dus ik wil niet met jullie in de gaten lopen.'
Meester zet zijn zonnebril af en knippert met zijn ogen.
'Wie het daarmee eens is, mag gaan.'
Nog geen tel later stuift de groep joelend uiteen.

'Doe die flappen eens open, je stikt hier!'
Aswat, die vlak bij de ingang ligt, komt overeind.
'Niet doen, anders komen er allemaal beesten!' roept Pelle.
'Jammer maar helaas, flapoor!' scheldt Arnold. Met beide wijsvingers drukt hij zijn oren naar voren en trekt een raar gezicht. Beledigd kijkt Pelle de andere kant op. Altijd dat geklier. Aswat houdt het tentdoek in zijn hand en kijkt vragend achterom.
'Doe maar niet, Aswat', fluistert Pelle.
De kleine jongen blijft besluiteloos staan.
'Zoek je ruzie?' zegt Arnold uitdagend.
'Dichtlaten!' klinkt het plotseling achter in de tent. 'Ik wil geen muggenbulten.'
Opgelucht laat Aswat het tentdoek los. Bas bemoeit zich ermee. Wedden dat Arnold daar niet tegenop durft?

'Maar je vergaat van de hitte', probeert Arnold nog.
'Ga je toch mooi buiten in de schaduw zitten!'
Kwaad staat Arnold op, duwt Pelle hardhandig opzij en loopt de tent uit.
'Wat een ei!' zegt Jurrie. 'Maakt hij op het kamp ruzie.'
Pelle pakt zijn spullen bij elkaar.
'Wat ga je doen?' klinkt het verbaasd.
'Ergens anders liggen natuurlijk! Naast Arnold slaap ik niet lekker', moppert Pelle, terwijl hij zijn slaapzak over de schouder slaat. Met een boos gezicht schuifelt hij tussen de schuimrubberen matrassen door.
'Kom hier maar lekker liggen!' roept Bas.
Voorzichtig gluurt Pelle boven zijn bagage uit. Juist op dat moment haakt zijn voet achter de opstaande rand van een houten vlonder. Hij verliest zijn evenwicht en valt met een plof languit voorover.
'Ja, daar mag ook!' zegt Bas droog.
De jongens schateren het uit.
Pelle krabbelt overeind, rolt kwaad zijn slaapzak uit en smijt het kussen erachteraan.
'Niet boos worden', sust Aswat en behulpzaam overhandigt hij Pelle de rest van zijn spullen.
'Ik word stapelgek van die Arnold!' moppert Pelle.
'Wij allemaal', troost Jurrie en mept zijn vriend op de schouder.
'Als-ie weer vervelend doet, roep je mij maar.'
Pelles gezicht klaart op. Bas in de buurt geeft een veilig gevoel.
'Gaan we nu eindelijk naar buiten?' puft Aswat.
'Ja, kom op, we gaan kijken waar de anderen liggen', zegt Bas.
'En het veld verkennen', stelt Jurrie voor.
Hij grijpt Pelle bij de pols en kijkt op zijn horloge.
'Tijd zat, het is nog niet eens elf uur geweest.'

Buiten brandt de zon, maar daarover mag je op een schoolkamp nooit klagen. Groep 8 zat vorige week vier dagen in de stromende regen op Terschelling. Daar word je ook niet vrolijk van.
'Kijk Jan-Willem en Fung-Yee eens zweten', wijst Aswat lachend. De jongens zien hoe hun klasgenoten met een zware doos in de eettent verdwijnen.
'Goedzo!' plaagt Bas, terwijl hij blijft staan om het gesjouw eens goed te bekijken.
'Loop door, straks moeten wij ook helpen.'
Pelle geeft Bas een duw en snel maakt het groepje zich uit de voeten. Even later komt meester Bastiaan fluitend uit de grote tent.
'Alleen de kratten limonade nog', roept Julians vader vanuit zijn busje.
'Ik heb geen zin meer', klaagt Jan-Willem.
Het zweet staat in druppeltjes op zijn voorhoofd.
'Ik ook niet', puft Fung-Yee.
'Kom, nog twee kratjes', grijnst meester.
'Waarom moeten wij alles sjouwen?' vraagt Jan-Willem verontwaardigd.
'Kampregels!' zegt meester serieus.
Jan-Willem kijkt zijn onderwijzer verbaasd aan.
'Of hebben jullie die niet gelezen?'
'Waar dan?' is het wantrouwende antwoord.
'Vetgedrukt op de laatste bladzijde van het schoolreisboekje.'
'Zal wel', zegt Fung-Yee ongelovig.
'Tien regels, zeker weten,' zegt meester, 'maar voor jullie is regel zeven het belangrijkst.'
'Wat staat daar dan?' klinkt het nieuwsgierig.
'Luister', zegt meester en hij steekt zijn wijsvinger in de lucht.
'Regel zeven: kinderen met een dubbele naam hoeven niet

twee keer te betalen, maar moeten de meesters en juffen wel extra helpen!'
Jan-Willems mond valt half open.
'Liegbeest!' roept hij verontwaardigd.
De twee mannen kunnen hun lachen niet meer houden.
'Jullie worden bedankt, zoek de anderen maar op.'
Grijnzend geeft meester zijn hulpen een dikke knipoog. Fung-Yee maakt zich gelijk uit de voeten, maar Jan-Willem trekt eerst zijn plakkerige shirt uit.
'Ik ga water drinken', deelt hij de beide mannen mee.
'Goed idee', vindt meester.
Van achter de grote tent komt een groepje jongens tevoorschijn. De kleine Steven, die voorop loopt, ziet Jan-Willem net het zandpad afsjokken.
'Hé, ga je met ons mee?' roept hij uit de verte.
Jan-Willem kijkt achterom en blijft staan.
'Eerst water drinken', schreeuwt hij terug.
'Wacht, wij gaan ook', brult Steven en even later wandelen de jongens met hun vieren door het mulle zand.
'Hebben jullie de camping al bekeken?' vraagt Jan-Willem nieuwsgierig.
'Die is echt wel mooi!' antwoordt Ferdinand.
Julian geeft zijn vriend een duw in de rug.
'We hebben haast nog niks gezien!'
'Ferdinand vindt alles mooi', plaagt Steven.
'Nou en?' klinkt het uitdagend.
'Zullen we vast hout gaan zoeken voor het kampvuur?' vraagt Julian ineens. Hij houdt niet van ruzie.
'Ja, dat hebben we meester wel beloofd', herinnert Ferdinand zich.
'Eerst water, want ik verga van de dorst.'
Jan-Willem versnelt ondertussen zijn pas.

'Wie het laatst is, moet Gwen zoenen', roept Ferdinand onverwachts en schiet ervandoor.
'Bèèhhh', griezelt Julian.
Opeens maakt de hitte niet meer uit. Allemaal hollen ze hun vriend achterna, want Gwen kussen is wel het laatste wat ze willen.
Ferdinand heeft inmiddels een voorsprong van een meter of zes. Hij rent wat hij kan, maar zijn benen zijn kort. Daar haalt Julian hem al in. Plagend maakt hij kusgeluiden met zijn lippen. Ferdinand kijkt hijgend achterom en ziet geschrokken dat ook de anderen hem dicht op de hielen zitten.
'Veel plezier!' roept Steven lachend in het voorbijgaan.
'Stommerd!' scheldt Ferdinand op zichzelf.
Straks moet híj het lelijkste meisje van de klas kussen ...
Wanhopig perst Ferdinand de laatste kracht uit zijn lichaam.
'Het telt niet hoor!' roept Jan-Willem klagend achter hem.
'Echt wel', schreeuwt Ferdinand en rent met samengeknepen ogen op het houten gebouwtje af. Nog een paar passen. Op hetzelfde moment zwaait de deur van het washok open. De waarschuwende kreet van zijn vrienden komt te laat en met een knal botst Ferdinand tegen een grote jongen op. Een volle afwasbak vliegt door de lucht en alles smakt tegen de grond.
'Kun je niet uitkijken!' schreeuwt de jongen kwaad.
Ferdinand zit op zijn knieën en wrijft het zand uit zijn haren.
'Sorry', mompelt hij geschrokken.
'Je moet uit je doppen kijken, kneus!'
Ferdinand wordt aan zijn shirt omhoog getrokken.
'Au, je doet me zeer!'
'Aansteller', sist de jongen. 'Wat loop je hier te rennen?'
'We zijn op schoolkamp', antwoordt Steven.
'Zo, op schoolkamp?'
'Ja, daar verderop', wijst Jan-Willem, terwijl hij hurkt en

behulpzaam wat borden en kopjes van de grond pakt.
'Blijf daar in het vervolg dan!' klinkt het onvriendelijk en uitdagend spuugt hij vlak voor Ferdinands voeten op de grond.
'Doe normaal!' waarschuwt Julian.
'Wegwezen, of ik laat je zien wat normaal is!'
Julian kan nog net een harde duw ontwijken. Ondertussen grist de vreemde jongen de afwasbak uit Jan-Willems handen.
'Nou wegwezen, of moet ik jullie helpen?'
Met zijn vrije hand maakt de jongen een dreigende beweging.
Geschrokken deinzen de vrienden achteruit en rennen het zandpad af, terug naar de tenten. Als ze na een poosje durven om te kijken, is de ruziemaker verdwenen.
'Stop maar!' roept Ferdinand opgelucht.
'Wat een mafkees!' hijgt Jan-Willem.
'Hij wou je echt slaan, Julian', zegt Steven.
'Dan nog liever een zoen van Gwen', klinkt het droog. 'Ook niet leuk, maar dat doet geen pijn.'
Ferdinand grinnikt.
'Lekker water trouwens, Jan-Willem!' grijnst Julian.
Jan-Willem zegt niets, maar trekt een verschrikkelijk raar gezicht.
'Nu pas je helemaal bij Gwen!' plaagt Ferdinand.
'Ach, wegwezen of moet ik je helpen!' doet Jan-Willem de jongen van daarnet na.
Ferdinand trekt zijn bovenlip op en schudt zijn hoofd heen en weer. Lachend en met de handen om elkaars schouders lopen de jongens terug naar het kamp.

Een aantal meisjes ligt in de schaduw rond een grote kastanjeboom.
Juf Marleen zit tegen de stam met haar gitaar in de hand.

'En het refrein allemaal meezingen', zegt ze.
Zachtjes tokkelen jufs vingers over de glimmende snaren.
'Bobbietje', herkent Jonne het wijsje meteen.
Ze houden van dat lied. Juf Marleen heeft het zelf bedacht. De tekst tenminste, want de melodie komt uit een muziekboek. Het is een verdrietig lied over een lief hondje, dat onder een auto komt. Terwijl de mooie, hoge stem van juf door het bos zweeft, luisteren de kinderen stil. Dan komt het refrein en vol overtuiging zingen ze mee:

'Jij lieve, ondeugende ho-ho-hond.
Ooooooh, mijn Bobbietje,
wat lig je daar stil op de gro-hond.
Ooooooh, mijn Bobbietje,
wat lig je daar stil op de grond.'

Er klinkt applaus en Marjolein roept: 'Nog eentje, juf!'
Een jongen, die op de muziek is afgekomen, stapt plotseling uit de struiken.
'Ja, een houselied!' stelt hij schreeuwerig voor.
'Doe niet zo flauw, Yoshi', zegt Jonne kortaf.
'Ja, ga ergens anders klieren, het was hier net gezellig.'
Marjolein heeft een verschrikkelijke hekel aan die brutale praatjesmaker.
'Zal ik zeker zelf weten.'
'Kom, geen ruzie maken', waarschuwt juf.
'Of kent u geen house?' gaat Yoshi verder, terwijl hij de meisjes grijnzend aankijkt.
'Best wel', antwoordt juf Marleen. Ze trekt Fung-Yee en Jonne aan hun arm en fluistert snel iets in hun oren.
'Ja juf', klinkt het dan.
De beide meisjes fluisteren de boodschap meteen verder. Hier

en daar klinkt gegiechel. Yoshi kijkt juf eens aan, maar begrijpt er niets van.
'Let op, Yoshi, dit liedje is speciaal voor jou. Je kent het vast, want het is één van de allereerste houseliedjes die er waren.'
Jonne en Fung-Yee proesten het uit.
Yoshi staart de groep een beetje dom aan. Dan geeft juf drie tellen vooraf. De meisjes kunnen zich al haast niet meer goed houden. Opeens klinkt het:

'No, no! Yoshi, go, go! Yoshi, go, go! Yoshi, go, go, go, go![1]

Fung-Yee en Jonne dansen wild en iedereen heeft de grootste lol om het domme gezicht van hun klasgenoot. Als Yoshi kwaad zijn tong uitsteekt, stopt juf met spelen.
'Bedoelde je zoiets?' vraagt ze serieus.
Yoshi wil net een brutaal antwoord geven, als kort achterelkaar het geluid van meesters scheepstoeter klinkt.
Juf Marleen kijkt op haar horloge. Raar, het is net half twaalf geweest.
'Nu al verzamelen?' vraagt Jonne, die ook heeft gezien dat het nog veel te vroeg is.
De toeter klinkt opnieuw, maar nu een beetje harder.
'Er is vast iets gebeurd!' roept Marjolein geschrokken.
'Doe niet zo paniekerig', zegt juf hoofdschuddend.
Toch is ze zelf ook nieuwsgierig geworden en hangt haastig haar gitaar over de schouder. Ondertussen rennen de kinderen al opgewonden voor haar uit.

1. Nee, nee! Yoshi, ga (weg), ga (weg)!

2 Pech voor Pelle

De jongens en meisjes drommen om meester Bastiaan heen. Hij staat met Pelle voor de grote eettent en trekt een ernstig gezicht. Ondertussen probeert mevrouw Ophuizen de kinderen te tellen. Juf Marleen loopt gelijk op haar af en schrikt als ze hoort wat er gebeurd is. 'Hoe kan dat nou?'
'Geen idee, maar Pelle is helemaal overstuur.'
'Hè, wat sneu.'
'Mag het even stil zijn?' roept meester.
Hij krijgt de groep niet tot bedaren.
'Ja hallo, of het stil mag zijn?!'
Langzaam wordt het opgewonden gepraat minder.
'Wacht, daar loopt nog een groepje!' wijst juf Marleen.
Uit het bos komen Julian en zijn vrienden aangewandeld.
'Schiet eens op!' schreeuwt meester ongeduldig.
'Alweer? Dit is een schoolreis, geen sportdag!' moppert Jan-Willem.
Steven en Julian beginnen gelijk te rennen, maar Jan-Willem kan niet meer. Hij voelt zijn voeten branden in zijn sportschoenen.
'Watje', grijnst Ferdinand en sprint de anderen achterna.
'Sukkel!' roept Jan-Willem kwaad.
'Je bent gewoon te langzaam!' roept Ferdinand pesterig over zijn schouder. Maar dat laat Jan-Willem niet op zich zitten en nog één keer zet hij alles op alles. Wat denkt die stomme Ferdinand wel? Met een laatste krachtsinspanning haalt Jan-Willem zijn vriend in en duwt hem boos tegen de schouder.
'Doe normaal!'
'Jij begint', hijgt Jan-Willem.
'En jij kunt nooit tegen een grapje, maar je bent lekker toch de

laatste!' Ferdinand steekt grijnzend zijn tong uit.
'Mooi niet!' bijt Jan-Willem terug.
'Echt wel, want hier komt miep-miep! Miep-miep ... iejauau-aunn!'
Ferdinand maakt het geluid van een wegspuitend racemonster en kijkt net iets te laat weer voor zich.
'Pas op!' waarschuwt Jan-Willem nog.
'Aaaahhh!'
Ferdinand vliegt door de lucht en landt met een geweldige smak in het zand. Hij is gestruikeld over de voet van Julian, die voorovergebogen zijn schoenveter zat te strikken.
'Wat doe je nou, slome?' klinkt het boos. Maar als Julian ziet, hoe Ferdinand met een pijnlijk gezicht over zijn enkel wrijft, loopt hij bezorgd naar hem toe.
'Gaat het?' vraagt Julian een stuk vriendelijker.
Het enige antwoord is een erg lelijk woord.
'Maar het is je eigen schuld!' verdedigt Julian zich. Hij wil nog iets zeggen, maar Ferdinand krabbelt overeind en loopt hem straal voorbij. Jan-Willems schaterende lach klinkt over het veldje. Woedend geeft Ferdinand hem een harde duw en schreeuwt: 'Hou op!'
Jan-Willem doet zijn best en met op elkaar geperste lippen kijkt hij Ferdinand aan.
'Hoi, miep-miep!' groet hij opeens proestend.
'Au!'
Ferdinand schopt Jan-Willem gemeen tegen zijn schenen.
'Geen ruzie maken, meester wacht!' roept Julian.
Toeoeoet, toeoeoet, toeoeoet, klinkt het ongeduldig.
Ferdinand spuugt boos op de grond en snauwt: 'Ik krijg je nog wel!'
Als antwoord steekt Jan-Willem zijn tong tussen zijn lippen en blaast een grote hoeveelheid lucht naar buiten.

'Maar nu niet', zegt Julian. Hij trekt Jan-Willem overeind en duwt de beide ruziemakers voor zich uit naar de eettent.

'Toch weet Pelle zeker dat hij hem niet heeft verloren. Dus mijn vraag is: heeft iemand iets gezien?'
Meester Bastiaan kijkt de kring rond.
'Hoeveel geld zat erin?' vraagt Yoshi.
'Dat doet er niet toe', antwoordt meester kortaf.
'Ik heb niks gezien, want wij waren bij het washok', roept Steven.
'En wij zaten met juf onder de boom!'
De opmerkingen van zijn leerlingen maken meester Bastiaan niet veel wijzer.
'Ik stel voor om allemaal even te zoeken. Gewoon voor de zekerheid', roept juf.
'Goed idee', vindt meester. 'Tien minuten, dan blaas ik weer verzamelen, maar eerst haalt iedereen zijn waardevolle spullen uit de tenten. Die lever je hier in, dan kan daar tenminste niks meer mee gebeuren.'
Druk pratend lopen de jongens en meisjes naar hun slaapplaatsen. Alleen Pelle blijft aarzelend staan.
'Kom, dan gaan we samen zoeken', zegt de moeder van Marjolein. 'Wie weet is-ie toch per ongeluk uit je zak gegleden. Waar ben je allemaal geweest?'
Pelle wijst naar de bosrand.
'Daar bij die heuveltjes en op het veldje erachter. En toen zijn we over het zandpad teruggelopen, maar ik had mijn portemonnee echt niet in mijn zak. Dat weet ik zeker.'
De eerste kinderen zijn alweer terug.
'We vinden hem wel, Pelle', roept Fung-Yee, terwijl ze haar walkman in de tas van juf Marleen laat glijden.
'Zeker weten!' schreeuwt Jonne erachteraan.

De moeder van Marjolein duwt Pelle zacht in de richting van de heuveltjes. 'Fijn dat ze je zo helpen, hè?' vraagt ze.
Pelle knijpt zijn ogen samen en knikt stil. Hij denkt aan zijn moeder en aan het briefje van tien dat zij hem toestopte.
'Het komt allemaal goed', klinkt het troostend.
Pelle schrikt van de onverwachte aai over zijn hoofd.
'Maar nu kan ik geen cadeautje kopen voor m'n moeder', snikt hij opeens.
'Ach natuurlijk wel, lieve jongen. Meester, juf en ik hebben ook nog een portemonnee.'
Door zijn tranen heen kijkt Pelle mevrouw Ophuizen aan. Hij schaamt zich en wrijft langs zijn gezicht.
'Ik doe stom', fluistert Pelle.
'Helemaal niet! Ik snap jou goed: cadeautjes zijn heel belangrijk!'
Een groepje meisjes haalt hen in.
'Ben je hier ook geweest?' roept Marjolein.
Pelle bukt zich en strikt zijn schoenveter. Ze hoeven niet te zien dat hij heeft gehuild.
'Ja, en op het veld hierachter', antwoordt Pelle zonder op te kijken.
'Oké, gaan wij daarheen.'
En weg zijn ze weer.

'Moet jij niet zoeken, Koen?' vraagt meester Bastiaan.
'Nee, meester', antwoordt Koen wiebelend van het ene been op het andere.
'Wat is dat nou? Als het jouw portemonnee was, dan ...'
'Ik weet waar hij is.'
'Jij weet waar hij is?' herhaalt meester verbaasd.
'Onder het zand aan de andere kant van dat bergje', antwoordt Koen.
'Je maakt toch geen grapje?'

De kleine jongen schudt beslist zijn hoofd.
'Heb jij soms gezien wie het gedaan heeft?' vraagt meester, nadat hij even heeft nagedacht.
Koen knikt, maar blijft zwijgen.
'Maar je wilt het niet zeggen?' begrijpt meester.
Koen tuurt naar de punten van zijn zwarte gympen. Meester vraagt niet direct door.
'Wijs mij de plek maar.'
Weifelend doet de jongen een paar passen, om vervolgens in volle vaart in de richting van het heuveltje te verdwijnen.
Meester volgt en binnen tien tellen zijn ze boven.
'Daar bij dat halve paaltje met dat prikkeldraad.'
Meester Bastiaan loopt naar de aangewezen plaats, maar veel bijzonders is er niet te zien. De dief heeft de sporen blijkbaar goed uitgewist.
'Toe Koen, help me eens even', vraagt meester vriendelijk.

Aarzelend daalt Koen het heuveltje af. Maar net als hij beneden is, klinkt het geluid van stemmen en hollende voetstappen. Meester reageert vliegensvlug, trekt Koen naar beneden en samen duiken ze weg tussen de struiken. Een groepje jongens passeert zonder iets te merken.
'Voor of achter het paaltje?' vraagt meester, terwijl Koen opgelucht ademhaalt.
'Weet ik niet', is het onduidelijke antwoord.
'Maar je hebt die jongen die het verstopte wel gezien?'
Koens hoofd gaat haast onmerkbaar op en neer.
Meester glimlacht tevreden. Hij stelt zijn vraag zo slim, dat Koen niet eens merkt wat hij vertelt.
Ondertussen woelt de onderwijzer met beide handen in het mulle zand.
'Diep verstopt?'
'Kan wel.'
Koen doet een paar passen terug en staat weer tussen de struiken.
Hij is bang, bang voor de dader, denkt meester.
'Zag je de dief ook bij de tenten?'
'Nee, alleen hier', klinkt het fluisterend.
Meester doet een stap opzij en zakt opnieuw door zijn knieën. Dan valt zijn oog toevallig op een klein zwart draadje, dat aan één van de roestige punten van het prikkeldraad hangt. Het hoeft natuurlijk niet, denkt meester Bastiaan, maar het kán wel. Hij kijkt Koen strak aan.
'Droeg de dief misschien een zwart shirt?'
De jongen schrikt van de onverwachte vraag, maar geeft geen antwoord. Toch ziet meester aan het snelle knipperen van Koens ogen, dat hij goed zit.
'Ga maar verder zoeken, want van jou word ik toch niet wijzer', zegt hij met een knipoog.

Koen zucht opgelucht, draait zich om en rent het heuveltje weer op.
'Bedankt, Koen', mompelt meester.
Terwijl hij bedenkt hoe het nu verder moet, stoten zijn handen onder het zand op een zacht voorwerp.

Juf Marleen schudt mismoedig haar hoofd.
'Dus niemand heeft iets gevonden?'
Er komt geen antwoord. Pelle perst zijn lippen stijf op elkaar. Zijn gezicht verraadt hoe hij zich voelt.
'Misschien heeft iemand anders hem gevonden', bedenkt Bas.
'Ja, dat kan best', roept Jan-Willem.
'Hebben wij mooi voor niks gezocht!'
'Doe normaal!' Jonne stoot Yoshi verontwaardigd aan.
'Ik vind dat we het nog niet moeten opgeven', zegt de moeder van Marjolein kordaat. 'Als we nu eens een zoekketting maken.'
'Goed idee', vindt meester, die net komt aanlopen.
'Naast elkaar in een lange rij, want alleen zo kun je het hele terrein uitkammen.'
'Doen we!' roept juf Marleen enthousiast en snel zet ze de kinderen op hun plek.
'Als jullie nu daar beginnen,' wijst meester naar de bosrand, 'dan zoek ik met een paar jongens de struiken achter de tenten af.'
'Afgesproken, maar hoe lang gaan we door?' vraagt juf.
'Nog een kwartiertje,' beslist meester, 'dan moeten we stoppen.'
'Ja, anders komt het programma ook in de knoei', zegt de moeder van Marjolein.
Meester Bastiaan knikt.
'Julian, Pelle en Arnold, willen jullie mij helpen?'

De drie jongens stappen uit de rij en lopen op hun onderwijzer af.
Juf Marleen zet ondertussen de ketting in beweging. 'Links, rechts', commandeert ze. 'En goed naar de grond kijken!'
'Als Arnold en ik nu hier zoeken, pakken jullie de andere kant, afgesproken?'
'Oké', zegt Julian. 'Kom, Pelle!'
Meteen zijn ze in de struiken verdwenen.
'Zo, dan gaan wij hierheen.'
Voorzichtig stappen Arnold en meester Bastiaan de bosjes achter de grote eettent in.
'Vervelend voor Pelle, hè?' begint meester, terwijl hij onopvallend Arnolds shirt bestudeert. 'Al z'n geld kwijt.'
'Ja, sneu', antwoordt Arnold niet echt overtuigend.
'Hier rechtsaf.'
Meester Bastiaan pakt een stevige tak van de grond en port tijdens het lopen tussen de dorre bladeren. Het zweet staat in kleine druppeltjes op zijn voorhoofd.
'Heb jij het niet verschrikkelijk warm met dat zwarte hemd aan?' vraagt hij opeens.
'Gaat wel', antwoordt Arnold onverschillig. Hij begrijpt niet waarom meester plotseling over zijn kleren begint te praten.
'Mooi ding, alleen jammer van dat gaatje onderaan.'
'Gaatje?' vraagt Arnold geschrokken.
Meester Bastiaan laat hem het plekje zien.
'Zonde, je bent ergens achter blijven haken. Maar misschien kan één van de juffen hem maken. Of wacht, ik heb zelf ook wel zo'n draadje.'
Meester zoekt in de achterzak van zijn korte broek.
'Hier, het hing aan een stuk prikkeldraad, daar bij dat paadje. Je weet wel, waar je heel goed portemonnees in het zand kunt verstoppen.'

Met samengeknepen ogen kijkt Arnold zijn meester aan. Dan wendt hij zijn blik af en tuurt zwijgend in de verte.
'Maar weet je wat helemaal raar is?' gaat meester Bastiaan onverstoorbaar verder.
'Deze lege portemonnee zit zo meteen weer vol!' Hij trekt de gele beurs uit zijn broekzak en beweegt hem voor Arnolds neus heen en weer. Nog steeds kijkt Arnold zijn onderwijzer niet aan.
'Want het is nooit te laat om een domme fout goed te maken. En dat was het toch? Of niet, Arnold?'
Meesters stem klinkt indringend, maar niet boos. Ondertussen blijft de jongen met een dwars gezicht de andere kant op kijken. Zenuwachtig plukt hij aan zijn shirt.
'Heb ik gelijk?'
'Hij was leeg toen ik hem vond', schreeuwt Arnold opeens met overslaande stem en rent keihard weg.
Met vijf grote passen heeft meester de jongen ingehaald en pakt hem bij zijn schouder.
'Hier blijven!'
Opgewonden rukt Arnold zich los, maar twee sterke armen grijpen hem van achteren om zijn borst.
'Vertel wat je gezien hebt', zegt meester zacht bij Arnolds oor.
'Ik ... ik ...'
Van spanning en kwaadheid komt de jongen niet goed uit zijn woorden.
'Doe rustig', fluistert meester. 'Jij vertelt, ik luister en samen lossen we het op. Je weet dat ik niet snel boos word.'
Ze gaan op een omgevallen boomstam zitten.
'Nou?'
Het duurt enkele ogenblikken, maar dan begint Arnold toch aarzelend te vertellen.

'Pelle en ik hadden ruzie, want hij wilde de tent niet open hebben. Opeens bemoeide iedereen zich ermee en toen ben ik kwaad weggelopen.'
'Waar naartoe?'
'Naar het veldje hierachter. Daar heb ik een poosje in het gras gezeten.'
'Hoe lang?'
'Weet ik niet ... tien minuten of zo.'
'En daarna?'
'Over het bospad terug en toen zag ik iemand bij ons veldje vandaan komen en die ging daar op zijn knieën in het zand zitten', wijst Arnold naar het paadje achter zich.
In één oogopslag ziet meester dat het gezicht van de jongen nog altijd een kleur van opwinding heeft.
'Ik heb stiekem gekeken wat hij deed. Hij woelde even met zijn handen in het zand en ging er bijna gelijk weer vandoor.'
'En wat deed jij?'
'Graven en toen vond ik Pelles lege portemonnee!'
'Hoe wist je dat-ie van Pelle was?'
'Zijn naam staat erin.'
'Maar waarom heb je hem dan niet meegenomen?'
In snel tempo vuurt meester zijn vragen op Arnold af.
'Omdat ze toch zeggen dat ik hem gepikt heb!'
'En dat is niet zo?'
'Nee meester, ik lieg echt niet!' klinkt het snikkend.
'Hoe zag die man eruit?' vraagt meester Bastiaan plotseling.
'Gewoon ... lang met een spijkerbroek en een wit shirt aan. En hij had een zwarte cap op, maar zijn gezicht heb ik niet goed gezien.'
Meester zucht en kijkt Arnold oplettend aan. De ogen van de jongen glanzen.

'Het is een raar verhaal,' zegt meester, 'maar ik geloof je. En ik snap ook, dat je het niet direct verteld hebt.'
'Fijn, meester', fluistert Arnold en wrijft in zijn ogen.
'Maar je mag gerust weten dat ik eerst dacht dat jij de dief was. Iemand uit onze klas heeft je namelijk zien graven.'
'Wie?'
'Doet er niet toe. Kom, we vertellen de anderen hoe het gegaan is.'
'Die geloven me vast niet', antwoordt Arnold bedenkelijk.
'Voor de waarheid moet je niet bang zijn', antwoordt meester.
'Jij weet dat het zo is gebeurd en dat is het enige wat telt.'
De twee staan op en wandelen samen het bospad af.
'Als ik alles uitleg, komt het gewoon goed', klinkt het bemoedigend.
Arnold knikt, maar echt gerust is hij niet.

3 Nog meer verdwenen

'Arnold liegt dat-ie barst', zegt Bas verontwaardigd.
'Of niet, Pelle?'
Pelle haalt ongeïnteresseerd zijn schouders op.
'Hoeveel geld ben je kwijt?' klinkt het nieuwsgierig.
'Een briefje van tien en een paar munten.'
'Tsss', sist Bas tussen zijn tanden.
Boos schopt Pelle tegen de grote tentpaal.
'Dat meester zo'n smoesverhaal gelooft.'
'Maar je portemonnee in de tent laten, is ook niet slim', zegt Aswat.
'Nee, maar door dat geruzie heb ik er niet meer aan gedacht', verdedigt Pelle zich.
'Zullen we eens in Arnolds tas kijken?' vraagt Bas opeens.
Jurrie, die ook in de tent ligt, fronst zijn wenkbrauwen en kijkt zijn klasgenoot bedenkelijk aan.
'Met iemand op de uitkijk, natuurlijk.'
Aswat staat plotseling op.
'Waar ga jij heen?' vraagt Jurrie.
'Ik moet nodig', klinkt het verontschuldigend.
Ze wachten tot de kleine Irakese jongen het tentdoek achter zich dicht heeft laten vallen.
'Schijtlaars', fluistert Bas.
'Doen of niet, Pelle?' vraagt Jurrie.
''k Weet niet', klinkt het aarzelend.
'Ik houd het veld wel in de gaten', besluit Jurrie. Hij rolt van zijn slaapzak en gluurt voorzichtig naar buiten.
Zonder op antwoord te wachten, loopt Bas naar Arnolds weekendtas.
'Veilig?' fluistert hij vragend over zijn schouder.

'Toe maar', antwoordt Jurrie zachtjes.
Gelijk ritst Bas de sluiting open en haalt een voor een Arnolds spullen tevoorschijn.
'Handdoek, toilettas, onderbroek.'
Jurrie laat een afkeurend geluid horen.
'Een schone, hoor!' deelt Bas grijnzend mee.
'Opschieten!'
'Zaklantaarn, sokken en een baseballcap.'
Bas houdt de donkerrode pet omhoog.
'Opzetten!' roept Jurrie lachend over zijn schouder.
'Kijk jij maar wat er buiten gebeurt!' waarschuwt Bas.
Uitdagend trekt Bas de cap over Pelles hoofd.
'Staat niet slecht.'
Jurrie durft niet nog eens achterom te kijken.
'Hé, een opbergvakje', wijst Bas naar een goudkleurig ritsje, rechts op de pet.
Vlug pakt hij het hoofddeksel van Pelles hoofd en trekt de rits open. Alleen zijn duim en wijsvinger passen in het kleine vakje.
'Er zit iets in!' klinkt het opgewonden.
Terwijl Bas ingespannen verder peutert, verlaat Jurrie nieuwsgierig zijn post. Bijna op hetzelfde moment zien de jongens hoe hun vriend een briefje van tien te voorschijn tovert.
'Heb ik het niet gezegd?'
'Die vuile leugenaar!'
Triomfantelijk houdt Bas het biljet omhoog.
Pelle staat op en bekijkt het tientje.
'Alsjeblieft', Bas duwt het zijn vriend in de hand.
'Nee, dat wil ik niet', zegt Pelle beslist.
'Doe niet zo stom, 't zijn toch zeker jouw centen?'
'Wie zegt dat? Misschien is dat briefje wel van Arnold.'
'Niet zeuren, gewoon aanpakken!' beveelt Bas, terwijl hij on-

verstoord Pelle het briefje opnieuw in de handen drukt.
'Ja, neem het toch!' roept Jurrie, die inmiddels zijn uitkijkpost weer heeft ingenomen.
'Ik wil het niet!'
'Schreeuw niet zo!' klinkt het waarschuwend.
'Arnold komt!' sist Jurrie geschrokken.
'Let dan ook beter op, sukkel!' snauwt Bas.
Zo snel mogelijk propt hij Arnolds spullen in de tas. Tijd om het tientje terug te stoppen is er niet. Haastig frommelt Bas het in zijn broekzak. Dan ritst hij met een lange haal de tas dicht, neemt een sprong en duikt op zijn slaapzak. Bijna gelijktijdig rolt Jurrie weg bij de ingang. Nog geen tel later zwaait het tentdoek open en stapt Arnold binnen. Zonder een woord te zeggen pakt hij zijn spullen en loopt weer naar buiten.
'Nou moe!' grijnst Jurrie.
'Waar gaat die naartoe?' wil Bas weten.
Pelle gluurt voorzichtig onder de flap door en antwoordt: 'Bij Yoshi liggen.'
'Opgeruimd staat netjes, of niet Pelle?' vraagt Jurrie.
Pelle geeft geen antwoord.
''t Is in ieder geval veiliger', grijnst Bas.
Hij tast in zijn broekzak en haalt het tientje tevoorschijn.
'Hier, alsjeblieft.'
Maar Pelle wil het biljet niet aannemen.
'Straks is het helemaal niet van mij.'
'Tuurlijk is het van jou!' weet Bas zeker.
'Maar ik wil het niet!'
'Dan blijf je toch lekker eigenwijs.' Bas vouwt het briefje in elkaar en stopt het achteloos in zijn borstzak.
'Ik bewaar het wel zolang.'
'Moet je zelf weten', zegt Pelle. Hij staat op en loopt schouder-

ophalend de tent uit. Op hetzelfde moment blaast meester verzamelen.

Het zwembad lijkt een volle badkuip en het grasveld eromheen een lapjesdeken van gekleurde handdoeken. Niet gek natuurlijk, want met deze hitte kiezen veel campinggasten voor het water. Een ouder echtpaar kijkt verstoord op, als de groep van meester Bastiaan joelend komt aangerend. Haastig zoeken de kinderen een plaatsje. Maar dat is moeilijk, want het is zo druk dat niet iedereen bij elkaar kan liggen. Juf Marleen en een paar meisjes leggen hun handdoeken daarom maar op de stenen.
'Kom, Ester, ik smelt hier in de zon', roept Jonne.
Marjolein staat al in de voetenbak.
'Lekker water!'
'Ja, zweetvoetenwater!' lacht juf en trekt een vies gezicht.
'Wilt u ruiken?' roept Marjolein.
Ze schopt en laat het water in de rondte spatten.
'Is dat nodig?' klinkt het opeens streng.
Marjolein schrikt ervan. Een oudere mevrouw in een bloemetjesbadpak zit helemaal onder de spetters.
'Mijn voet schoot uit', antwoordt Marjolein brutaal.
Ester grinnikt.
In een flits draait de hand van de natgespatte dame de knop van de douchekraan wijd open. Tegelijkertijd voelt Marjolein een koude waterstraal op haar rug uiteen spatten en gillend springt ze opzij.
'Tijd om af te koelen', klinkt het bits en met haar neus in de lucht loopt de mevrouw verder.
Ester schatert om het domme gezicht van haar vriendin.
'Nou moe!' zegt Marjolein.
'Eigen schuld, want dat hoort niet', vindt juf Marleen.
'Maar zij doet net zo stom', roept Marjolein. 'Lelijke oma!'

‘Ssstt!’ waarschuwt juf. ‘Kom, wie het eerst erdoor is!’
De drie vriendinnen plonzen door de voetenbak en springen samen het zwembad in.
‘Kom je ook, Gwen?’ vraagt juf Marleen.
Een klein meisje met een paardenstaart zit alleen op een bankje bij de tassen en haalt onverschillig haar schouders op.
‘Ach joh, het is veel te warm om in de zon te zitten.’
Juf Marleen kent Gwen nog maar pas. Ze is twee maanden geleden met haar moeder uit Engeland naar Nederland verhuisd. In Engeland heeft Gwen drie jaar gewoond. Maar al wist je dat niet, dan merk je het toch als ze praat.
‘Straks misschien.’
‘Oké, stay cool!’[2] knipoogt juf.
Gwen glimlacht en plukt aan haar bikini.

2. letterlijk: blijf koel.

Meester Bastiaan staat tot aan zijn buik in het water. Terwijl iedereen al zwemt en spettert, is hij er nog altijd niet door.
'Kom, meester, u bent toch geen watje?' roept Jan-Willem uitdagend. Steven staat druipend naast hem op de kant.
'Ik houd niet zo van water', klinkt het verontschuldigend.
'Meer van bier, hè?'
Meester schudt lachend zijn hoofd. Dan neemt Steven ineens een aanloop en vlak voor meesters neus maakt hij een bommetje. Jan-Willem vindt het prachtig en springt zijn vriend achterna. Nu meester Bastiaan helemaal nat is, duikt hij gelijk onder. Als de beide jongens weer boven komen, is hun onderwijzer nergens te bekennen. Opeens voelt Steven hoe zijn benen onder hem vandaan worden getrokken en voor hij naar lucht kan happen, klapt hij voorover. Nog geen tel later is Jan-Willem aan de beurt. Proestend komen de vrienden weer boven. Daar staat hun meester: stoer, met zijn armen over elkaar.
'Wie is nu een watje?' grijnst hij.
Dat laten de beide vrienden niet op zich zitten. Ze proberen meester Bastiaan onder te duwen, maar hij is te sterk. Met het grootste gemak gooit hij de jongens van zich af. Dan zwemt hij met lange slagen naar het diepe gedeelte van het bad.
'Lekker water, meester?' klinkt het vrolijk vanaf de kant.
Meester Bastiaan schudt zijn hoofd en de waterdruppels spatten uit zijn haren.
'Wat zeg je?'
Fung-Yee herhaalt haar vraag.
'Jawel, ik snap alleen niet wat al die kinderen hier doen. Die horen op school!'
'Mooi niet!' vindt Fung-Yee.
'Dus je vermaakt je wel een beetje?' vraagt meester, terwijl hij op de kant klautert.

'Tuurlijk, op zo'n gave camping!' antwoordt Ester voor haar beurt.
'Logisch, zelf uitgezocht!'
'Opschepper!' vindt Jonne.
Plotseling wordt meester op zijn schouder getikt. Het is de moeder van Marjolein.
'Kun je snel komen, Bastiaan? Katja is gevallen en het bloedt nogal.'
Meester schiet overeind.
'Waar?'
'Ze zitten op het bankje vlak bij de fietsenstalling.'
Zigzaggend rent meester Bastiaan tussen iedereen door.
'Marleen is bij haar!' roept mevrouw Ophuizen hem nog na, maar meester hoort niets. Haastig plonst hij door de voetenbak en baant zich vervolgens hijgend een weg door het groepje kinderen dat om de ongelukkige Katja heen staat.
'Ga even spelen, jongens; pottenkijkers kunnen we nu niet gebruiken.'
Niemand luistert.
'Ja, komt er nog wat van? Altijd dat nieuwsgierige gedoe!' moppert meester.
Katja zit op een bankje en leunt tegen juf Marleen aan. Ze heeft een flinke snee vlak onder haar rechterknie en er druppelt bloed van haar voet op de stoeptegels.
'Wat is er gebeurd, meissie?' vraagt meester op vriendelijke toon.
'Ze is geduwd in de voetenbak', antwoordt juf voor haar.
'Maar de ergste pijn is al verdwenen, hè Kat?'
Katja knikt en wrijft de laatste tranen uit haar ogen.
'Kun je lopen?' vraagt meester. 'De verbanddoos ligt bij mijn spullen op het grasveld.'
'Je kunt hem beter even ophalen', vindt juf.

'Je hebt gelijk', knikt meester.
In looppas steekt hij het grasveld over. Ondertussen komen Fung-Yee, Ester en Jonne vragen hoe het gaat.
'Laat haar maar even. Katja is erg geschrokken, maar de wond valt reuze mee. Meester haalt de verbanddoos.'
Fung-Yee strijkt haar vriendin troostend over het haar.
'We komen straks gezellig bij je zitten', zegt ze.
'Ja, we hebben lang genoeg gezwommen', voegt Ester eraan toe.
'Heel goed van jullie', vindt juf.
Ze kijkt langs de meisjes heen om te zien waar meester Bastiaan blijft.
'Gaan jullie nu weer spelen?'
'Brengt u Katja dan zo meteen naar de handdoeken?'
Juf Marleen knikt.
'Doei, Kat!'
Katja glimlacht en juf drukt haar even tegen zich aan.
'Een grote pleister erop en je merkt er niks meer van', troost ze.
Katja knikt en staart naar het plasje bloed op de stoeptegels.
'Kijk, daar komt meester alweer aan', wijst juf Marleen.
'We moeten naar de kantine, want onze verbanddoos is foetsie', bromt meester Bastiaan met een gezicht dat op onweer staat.
'Had je hem wel meegenomen?'
'Ja, in mijn rode rugzak, maar die is verdwenen!'
'En het geld en onze andere spullen?' schrikt juf.
'Nee, die heb ik afgegeven achter de bar', stelt meester haar gerust. 'Maar ik baal verschrikkelijk, je kunt tegenwoordig nergens meer iets laten liggen!'
'Zat er verder nog iets in?'
'Een kaart van de omgeving, mijn rugbyshirt en mijn hand-

doek', somt meester op. 'Verdraaid: en m'n zonnebril!'
'Heb je goed gekeken? Misschien is het een grap van de kinderen.'
'Nee, vast niet. Ze hebben meegeholpen met zoeken en ze wisten dat ik die verbanddoos nodig had.' Moedeloos krabt meester zich achter zijn oor. 'Nou vooruit, eerst de patiënt.'
Voorzichtig schuifelen ze naar de kantine.

'Natuurlijk heb ik die', antwoordt de vriendelijke beheerder. 'Met zo'n lelijk been kun je niet blijven rondlopen.'
'Hoor je dat, Katja? Peter vindt je lelijk!' plaagt meester.
'Bemoei je er niet mee, snotneus! Ik praat toevallig tegen deze dame.'
Katja moet lachen. Meester Bastiaan een snotneus: dat is hard.
'Sorry hoor, ik wist niet dat je kwaad werd', speelt meester mee.
'Is dat jouw meneer?' vraagt Peter, alsof hij niets gehoord heeft.
Katja knikt.
'Is-ie een beetje aardig voor de kinderen? Ik bedoel, geeft-ie niet te veel strafwerk, want dat moet je beslist niet pikken, hoor.'
Katja weet niet wat ze moet antwoorden. Maakt Peter nu een grapje?
'Nee, want jouw meneer was vroeger ook geen lieverdje. Wat hij niet allemaal voor kattenkwaad heeft uitgehaald, vroeger op deze camping.'
Meester Bastiaan tuit zijn lippen, kijkt Katja aan en schudt zijn hoofd. Peter ziet het niet, want hij loopt naar de andere kant van de bar en rommelt in een grote verbanddoos.
'Niks van waar', fluistert meester. 'Peter is een beetje vergeetachtig, hij bedoelt mijn broer.'

Katja grijnst om de rare knipoog die meester Bastiaan haar geeft.
'Gevonden', roept Peter en hij houdt wat gaasjes, een pleister en een klein flesje jodium omhoog.
'Deze prikt niet hoor, dame', stelt hij Katja gelijk gerust. Voorzichtig veegt hij het opgedroogde bloed weg. Meester Bastiaan maakt de huid om de wond met jodium schoon.
'Voor de zekerheid, maar eigenlijk was het al schoon gebloed', zegt hij.
'En dit is voor de schrik.' Peter duwt Katja een flesje limonade en een chocoladereep in de hand.
'Dank u wel.'
'Ik ben anders ook best geschrokken', klaagt meester.
'Maar jij hebt niet gebloed', grijnst Peter.
Katja lacht. Ze zuigt aan het rietje en kijkt hoe meester Bastiaan de pleister netjes over de snee plakt.

'Waar is de kantinebaas?' klinkt het opeens opgewonden aan de andere kant van de bar.
Peter draait zich om. Een oude meneer met een handdoek om zijn schouders buigt zijn hoofd achterover om de grote beheerder aan te kunnen kijken.
'Hier ben ik', antwoordt Peter rustig. 'Vertelt u eens, wat kan ik voor u betekenen?'
De meneer snuift en plukt zenuwachtig aan zijn neus.
'Het is verschrikkelijk. Mijn vrouw en ik komen net uit het water. Ik wil mijn tas pakken, is-ie weg!'
Meester Bastiaan draait zich nieuwsgierig om.
'Alles zat erin: geld, sleutels, papieren. Wat moet ik nou?'

4 Wanneer stopt het?

'Drie keer binnen twee dagen!' Bezorgd plukt meneer Lichtenberg, de campingbaas, aan zijn baardje.
'Dit heb ik nog nooit meegemaakt', zucht hij. 'Wat heb je verder gedaan, Peter?'
'Ik heb die oude mensen gezegd, dat ze gelijk aangifte moeten doen bij de politie. Van Marle rijdt ze daar nu naartoe, omdat de autosleutels van die meneer ook waren verdwenen.'
'En die spullen van de schoolmeester?'
'Alles op de kop gezet, maar niets gevonden. Hij is trouwens ook mee naar het politiebureau', voegt Peter er nog snel aan toe.
De campingbaas schudt bezorgd zijn hoofd en trommelt zenuwachtig op het bureau.
'Ondertussen heb ik de medewerkers in de kantine opdracht gegeven extra op te letten. Van Marle vraagt dat ook aan zijn onderhoudsmensen en het schoonmaakpersoneel.'
'Dit is geen goede reclame voor onze camping, Peter.'
Meneer Lichtenberg staart een poosje peinzend voor zich uit. Dan krijgt hij een idee.
'Ik haal jou van de kantine!' besluit hij opeens. 'Jij moet de boel maar eens een beetje in de gaten houden: op de velden, in het zwembad, bij de kampwinkel. Afijn, je snapt me wel.'
'Verwacht u dat we daar veel mee opschieten?'
'Misschien niet, maar tijdens een praatje met de campinggasten kom je soms een heleboel te weten.'
Daarin moet Peter zijn baas gelijk geven.
'Over diefstal hoef je het natuurlijk niet te hebben, want we willen de mensen niet onnodig ongerust maken.'

'Nee, dat snap ik.'
'Breng mij morgen maar verslag uit.'
'Afgesproken.' Peter knikt zijn baas begripvol toe, draait zich om en loopt het kantoor uit.
Buiten brandt de zon op het donkere asfalt en in de verte bij de parkeerplaats kringelt de hitte omhoog. Peter veegt het zweet van zijn voorhoofd.
'Praatjes maken met de gasten. Dat is nog eens makkelijk je geld verdienen', mompelt hij.
Glimlachend pakt de brede kantinebaas zijn fiets en rijdt de camping op.

'Opschieten, want om vijf uur wacht de boswachter bij de grote tent', spoort juf Marleen een paar treuzelaars aan.
'Wie gaat er met deze hitte nu in het bos wandelen?' moppert Jan-Willem.
'Kunnen we niet blijven?' roept Steven.
'Afspraak is afspraak', antwoordt juf kregelig.
'Maar het is zo warm', klaagt Ester.
'Denk die warmte dan maar uit je hoofd. Pfff, ik word niet goed van dat geklaag.'
'Ze mist meester, daarom doet ze zo kattig', fluistert Katja in Jonnes oor.'
Jonne proest het uit.
'Waar lach je om?' vraagt Marjolein nieuwsgierig.
'Oh, nergens om.'
'Klets!' Marjolein kijkt de twee ongelovig aan. 'Toe, vertel!'
Katja wenkt Marjolein dichterbij en fluistert: 'Beloof dat je het aan niemand vertelt, want het is een heel groot geheim.'
Marjolein wordt steeds nieuwsgieriger.
'Zeg dan!'
'Beloof je het?' vraagt Katja met glinsterende pretoogjes.

'Ja, ja, toe nou!'
'Oké, luister goed.'
Katja trekt Marjolein en Jonne naar de zijkant van het pad, waar ze even blijven staan.
'Weet je, juf Marleen en jouw moeder hebben ruzie.'
Jonne kijkt bijna nog verbaasder dan Marjolein. Wat zegt Katja stomme dingen.
'Ach niet!' antwoordt Marjolein ongelovig.
'Wel waar en weet je waarom?'
Om het spannend te maken zwijgt Katja met opzet nog even.
'Nou, zeg op!'
'Omdat ze allebei op meester Bastiaan zijn!'
'Ach stommerd!'
Marjolein duwt haar vriendin bijna omver, maar Katja trekt zich daar niets van aan en giert het ondertussen uit. Ook Jonne lacht om Marjoleins domme gezicht.
'Gefopt!' hikt Katja.
'Wat is er hier zo grappig?' vraagt Marjoleins moeder, die het drietal ongemerkt is genaderd.
'Katja wordt niet goed, mam', antwoordt Marjolein een beetje boos. 'Dat heeft ze wel vaker.'
'Is meester niet bij u?' vraagt Jonne overdreven vriendelijk.
Ze krijgt van Marjolein gelijk een stomp in haar zij.
'Die is naar het politiebureau om aangifte te doen', antwoordt Marjoleins moeder. 'Dat weten jullie toch.'
'O, jammer ... we missen hem zo!'
Opnieuw barsten Katja en Jonne in een giechelbui uit, met als gevolg dat Marjolein de twee nog bozer aankijkt.
'Kom mam, ze zijn gewoon niet goed snik.'
Mevrouw Ophuizen laat zich door haar dochter meetrekken, maar aan haar gezicht kun je zien dat ze er niets van begrijpt.

'We spreken het volgende af ...'
De boswachter, een man van een jaar of dertig, staat midden tussen de kinderen. Meester is alweer terug en staat naast hem.
'Als ik mijn hand in de lucht steek, wil ik iets vertellen. Kom dan in een kring om mij heen staan.'
Fung-Yee steekt haar vinger op.
'Ja?'
'En als wij iets willen vragen?'
'Dan doe je precies hetzelfde als nu', lacht de boswachter.
'Maar we moeten gaan,' zegt hij op zijn horloge kijkend, 'anders zijn we niet om half zeven terug en dan wordt het vlees zwart, hè juf?'
De kinderen lachen.
'Dat is geen juf, maar een moeder', roept Ester.
'Ja, haar moeder', wijst Jonne naar Marjolein.
'Ook goed', grijnst de boswachter.
Terwijl hij samen met meester het mulle zandpad afloopt, beginnen juf en de moeder van Marjolein aan de voorbereidingen van het eten.
'Om zes uur komt Peter het vlees brengen!' roept meester Bastiaan achterom.
Juf Marleen knikt en zwaait.
'Dat heeft-ie al drie keer verteld', zucht ze.
'Laat hem toch', glimlacht mevrouw Ophuizen. 'Bastiaan wil gewoon dat alles goed gaat.'
'Hij denkt zeker dat wij niks kunnen', sputtert juf Marleen.
Ze ziet hoe de laatste kinderen in het bos verdwijnen.
'Au, verdraaid!'
'Wat is er?' vraagt Marjoleins moeder geschrokken.
'Ach, ik snijd me in m'n vinger', moppert juf.
'Oei, het bloedt best. Wacht, een pleister ... ach nee, dat kan

niet. Kom, dan houden we hem onder de kraan.'
Met de hand voor zich uitgestoken loopt juf Marleen naar het washok.
Dikke druppels bloed vallen in het zand. Gelukkig heeft mevrouw Ophuizen wel een papieren zakdoekje.
'Hier, druk dit er maar stevig op, dan stopt het wel.'
Dankbaar pakt juf het witte doekje aan, maar dan blijft ze plotseling staan.
'Stommeling!' roept ze luid.
'Dankjewel', spot de moeder van Marjolein.
'Nee jij niet ... of ja, jij ook!'
'Waar heb je het in vredesnaam over?'
'Het geld en de spullen! Wij lopen hier en alles ligt in de tent!'
'Ooh, je hebt gelijk', klinkt het geschrokken. 'Wacht, loop jij maar verder, dan pak ik de zak wel.'
Opeens begint juf te lachen.
'Wat nou weer?'
'Goed dat Bastiaan dit niet ziet.'
Marjoleins moeder schiet ook in de lach, maar dan holt ze snel naar de tenten terug.

De kinderen staan rond een grote bult aan de zijkant van het bospad.
'Iemand enig idee wat dit is?' vraagt de boswachter.
'Een hoop dennennaalden', roept Jurrie die achteraan staat.
'Had je gedacht. Dit is een flatgebouw met meer dan honderd verdiepingen. Kijk maar eens goed, want de bewoners zijn thuis.'
'Au!' roept Aswat, terwijl hij hard op zijn linkerkuit slaat.
'Mieren!' gillen Gwen en Marjolein bijna tegelijk.
Een aantal kinderen doet haastig een paar stappen terug. Ande-

ren worden nieuwsgierig en komen met hun neus boven de hoop staan.
'Rode bosmieren.'
'Wat een boel!'
'Dit zijn alleen nog maar de werksters. De koninginnen en de mannetjes komen later.'
'Wanneer dan?' vraagt Ester.
'In de zomer, als het meeste werk gedaan is.'
'Die zijn net zo lui als meester', zegt Jan-Willem brutaal.
De boswachter schiet in de lach.
'Zo, jij durft!'
'Ik weet wie het zegt', antwoordt meester Bastiaan boven het gelach van de kinderen uit.
Jan-Willem grijnst, steekt zijn handen in zijn zak en smoest wat met de jongens die naast hem staan. Meteen ziet meester zijn kans. Vliegensvlug doet hij drie stappen opzij en grijpt de grapjas onverwacht in de kraag.
'Wat zei je daar, jongetje?'
Jan-Willem probeert zich los te wringen, maar dat lukt niet.
'Kom op, Jan-Willem!' roepen zijn vrienden.
Maar in meesters houdgreep is hun klasgenoot machteloos.
'Afgelopen met die domme opmerkingen?'
Om zijn vraag kracht bij te zetten trekt meester zijn arm nog een beetje aan.
'Au, dat is gemeen!'
'Nou?'
'Help me dan!' klinkt het vertwijfeld.
'Wie dat doet kan de barbecue vergeten!' waarschuwt meester.
'Toe dan, Steven!' smeekt Jan-Willem.
Steven stoot Julian en Ferdinand aan. Een korte blik van verstandhouding is genoeg en met een wilde kreet springen de

drie jongens boven op hun onderwijzer. Meester Bastiaan wankelt, maar heeft nog kracht genoeg om de eerste aanvaller met een heupzwaai tegen de grond te werken. Alleen is nu Jan-Willem weer los. De overige kinderen moedigen de partijen aan.
'Hup meester!' roept Koen.
'Grijp hem, Julian!' schreeuwt Yoshi en hij kijkt Koen met een gemene blik aan. Geschrokken houdt de kleine jongen zijn mond.
'Nee, vier is genoeg!' waarschuwt Bas en duwt Yoshi terug. Meester heeft het zwaar, maar hij is de jongens nog steeds de baas.
Ferdinand ligt op de grond met een knie op zijn rug. Jan-Willem spartelt er half overheen en ook Julian wordt in de houdgreep gehouden.
'Pas op!' gilt Marjolein plotseling.
Maar het is al te laat. Steven trekt meester omver en gelijk zijn de drie jongens los. Julian gaat vliegensvlug boven op zijn onderwijzer zitten.
'Pak z'n benen', schreeuwt hij.
Jan-Willem probeert het, maar meester grijpt hem in zijn nekvel, zodat hij geen stap meer kan verzetten en omvalt.
'Oei!' gillen een paar meisjes.
Andere kinderen beginnen keihard te lachen. Meester en de drie jongens stoppen met stoeien en kijken achterom. Daar zit Jan-Willem boven op de mierenhoop. Het duurt een paar tellen voor hij het doorheeft, maar dan schiet hij als een speer omhoog.
'Bèèèh!'
Tientallen mieren kruipen over zijn shirt. Wanhopig probeert Jan-Willem de beestjes van zich af te slaan.
'Stomme rotmieren!'

'Ook op je rug, Jan-Willem', waarschuwt Gwen.
Jan-Willem springt in het rond en probeert vertwijfeld de ongewilde gasten kwijt te raken. De boswachter schiet te hulp.
'Shirt uit', commandeert hij.
Razendsnel trekt het slachtoffer het T-shirt over zijn hoofd. De boswachter schiet gelijk met duim en wijsvinger twee rode mieren van Jan-Willems rug.
'Dat was het', stelt hij de jongen gerust. Opgelucht draait Jan-Willem zich om, maar nog geen tel later schreeuwt hij opnieuw en grijpt naar zijn bil.
De meiden liggen dubbel.
'Broek uit!' schreeuwt Katja. Ze schrikt er zelf van, maar schatert daarna meteen weer met iedereen mee.
Jan-Willem denkt niet lang na.
'Hij doet het ook nog', gilt Fung-Yee.
Binnen twee tellen ligt Jan-Willems broek op de grond.
'Hij heeft z'n zwembroek aan', klinkt het teleurgesteld.
'Alles uit!' gilt Yoshi.
'Doe normaal!' sist Marjolein.
Maar Jan-Willem vindt het genoeg, buigt voorover en borstelt een paar keer met zijn hand door zijn haar.
Meester Bastiaan reikt zijn shirt aan. 'Hier, mierenvrij', zegt hij.
Ondertussen klopt de boswachter zorgvuldig de broek uit. Als Jan-Willem zich heeft aangekleed, kijkt meester op zijn horloge. 'We moeten gaan.'
'Ja, het is nog zeker twintig minuten naar het bezoekerscentrum', zegt de boswachter.
Ze zetten stevig de pas erin.

In de verte streelt de zon de toppen van het dennenbos. Sprookjesachtig zweven de stralen door de lucht.

Alsof het afgesproken is, wandelen de kinderen zonder iets te zeggen het pad af. De boswachter loopt achteraan naast meester Bastiaan.
'Wat een stilte', fluistert meester.
'Dat is de kracht van de natuur', glimlacht de boswachter. 'Trouwens, u hebt een leuke groep.'
'Ja, vandaag wel', grijnst meester.
Aan het eind van het zandpad volgen ze een klein kronkelpaadje. Langs de zijkant staat ongeveer om de honderd meter een paaltje met een gele kop. De boswachter steekt nog een keer zijn hand in de lucht. Vanaf het pad lopen ze een eindje het bos in.
'Kijk,' wijst de man in het groen, 'onder de wortels van die grote spar zit een vossenhol.'
De boswachter vertelt over de vossenfamilie en beantwoordt een aantal vragen.
'Zo zien jullie maar weer: een bos is veel meer dan een verzameling grote bomen', besluit hij zijn verhaal en wijst tegelijkertijd naar het bospad. 'Als we nu dat paadje verder volgen, zijn we er zo.'
En inderdaad, voor ze het in de gaten hebben, staan ze voor het bezoekerscentrum.
'Kwart over zes geweest,' ziet meester op zijn horloge, 'een mooie tijd.'
'Ik vond het heel gezellig', zegt de boswachter.
'Wij ook, of niet jongens?'
De kinderen geven enthousiast antwoord.
'Als je wilt kun je daar nog een kaart of een ander aandenken kopen', wijst de boswachter. 'Ik heb de sleutel.'
Arnold, Jurrie en een paar meisjes lopen naar het houten gebouwtje.
De anderen ploffen uitgeput op de zwartgeteerde banken.

'Moet je ze zien zitten, die watjes', plaagt meester.
Er klinkt alleen wat gemompel. Net als meester Bastiaan nog een flauwe opmerking wil maken, wordt hij op zijn rug getikt. Het is Arnold. Hij heeft zijn baseballcap in de hand en zijn ogen spuwen vuur.
'Ze hebben mijn geld gepikt', klinkt het schor.

5 Kampvuur

'Iemand nog een kippenpootje?' roept meester, terwijl hij het stukje vlees met vork en al de lucht insteekt.
'Ikke ... mpff ... wel', antwoordt Jurrie met volle mond.
'Niks daarvan, jij hebt al wel drie extra porties gehad', vindt juf Marleen.
'Ja, hij eet als een varken!'
'En jij kletst als een kip zonder kop!' wijst meester Julian meteen terecht.
'Aswat misschien?'
Aswat heeft net voor de derde keer fruitsalade opgeschept en schudt met gefronste wenkbrauwen nee.
'Niemand meer een gaatje over?'
De kinderen schudden allemaal hun hoofd.
'Dan eet ik het lekker zelf op, want ik moet straks nog een heel ingewikkeld nachtspel voorbereiden', zegt meester.
Ondertussen haalt juf Marleen het laatste stukje vlees van het rooster, loopt ermee naar Arnold en legt het bij hem op zijn bord. Dan gaat ze midden in de groep staan en vraagt om stilte.
'Jongens en meisjes,' begint juf op haar horloge kijkend, 'het is nu bijna kwart voor acht. We gaan zo meteen eerst samen opruimen en omkleden. Daarvoor heb je een kwartier de tijd, want om acht uur begint het avondprogramma bij de kampvuurplaats.'
'Dan gaan we echt vuur maken, hè juf?' roept Ferdinand enthousiast.
'Natuurlijk, en kampliedjes zingen, want daarvoor heb ik mijn gitaar meegenomen.'
Meteen barst een luid gejuich los.

'Mag ik meehelpen, juf?' roept Yoshi.
'Ik ook? Ah, toe juf!'
Vooral de jongens schreeuwen om het hardst.
'Sst, ik was nog niet uitgepraat!'
Het duurt even, voordat de rust is weergekeerd.
'Ik wil geen ruzie of scheve gezichten, dus ik doe het zo: Pelle en Arnold, de twee pechvogels, mogen van mij het kampvuur opbouwen en aansteken.
'Aaaahhh, ik wil ook!' roept Yoshi teleurgesteld.
'Ja, altijd Pelle, waarom wij niet!' vindt ook Jurrie.
'Dat vertel ik net', zegt juf een beetje kriegelig. 'Zij hebben vandaag al genoeg pech gehad, of is jouw geld ook verdwenen?'
'Nee, alleen z'n verstand', fluistert Jonne tegen Marjolein, die meteen hardop begint lachen. Jurrie weet geen antwoord op juffrouws vraag en haalt verongelijkt zijn schouders op.
'Dat is dan afgesproken', zegt juf Marleen. 'Snel opruimen en om acht uur bij de kampvuurplaats!'
Al gauw lopen de meeste kinderen naar de tenten om een trui en een lange broek aan te trekken. 's Avonds bij een heldere hemel kan het flink afkoelen, zeker midden in juni. De moeder van Marjolein bindt fluitend een touwtje om een grote, blauwe vuilniszak.
'Jullie mogen rustig gaan, hoor', zegt ze.
'Weet je het zeker?' vraagt meester.
'Tuurlijk, het meeste werk is gedaan en jullie moeten nog zo veel voorbereiden. Als ik klaar ben, kom ik gelijk naar het kampvuur.'
'Prima', zegt meester Bastiaan en hij staat op. Juf Marleen hangt haar vaatdoek te drogen over een scheerlijn.
'Ik pak mijn gitaar en houd een oogje in het zeil bij de kampvuurplaats.'
'Tot straks.'

Het is al druk bij de kleine kuil, waar de jongens het brandhout hebben opgestapeld.
Pelle kijkt hoe Yoshi en Jurrie de grote takken tegen elkaar aanzetten. Arnold is er nog niet, ziet juf en ze legt voorzichtig haar gitaar in het gras.
'Moet die er ook bij?' vraagt Ferdinand grijnzend.
'Ga fietsen, jij!' bromt juf.
Ze baalt, dat de twee jongens zich niet aan de afspraak houden en loopt met korte, snelle passen naar ze toe.
'Hebben jullie niet begrepen wat ik gezegd heb?' vraagt ze kortaf.
'We helpen alleen, of mag dat niet?'
'Je hebt toch geen schuimpjes in je oren, Yoshi? Pelle en Arnold doen het kampvuur! Dat betekent: zij bouwen het op en zij steken het aan. En jij niet!'
'Dan niet!' antwoordt Yoshi brutaal en smijt een zware tak vlak voor jufs voeten op de grond. Gelijk gaat hij ervandoor.
Maar dan kent Yoshi juf Marleen nog niet.
'Kom jij eens snel hier!' klinkt het streng. De kinderen, die een eindje verder tikkertje spelen, kijken nieuwsgierig op.
Yoshi aarzelt, maar stopt niet.
'Yoshi van Gaal!'
De jongen mindert vaart, kijkt achterom en loopt recht in de armen van Bas.
'Juffrouw roept', fluistert Bas met een brede grijns op zijn gezicht.
Tevergeefs probeert Yoshi zich los te rukken, maar Bas' sterke armen duwen hem in de goede richting.
Pelle, Aswat en de anderen moeten erom lachen. Juf Marleen eigenlijk ook, maar ze laat het niet merken. Met zachte hand neemt juf Yoshi mee naar een plek, waar ze ongestoord kan praten. Kort, duidelijk en zonder boos te worden. Dat is juf

Marleen wel toevertrouwd. Yoshi weet straks precies waar hij aan toe is.

'Lekkere fik!' roept Jurrie. Hoge vlammen laten het droge hout knetteren en af en toe stijgt een rode vonkenregen op.
'Gaan we nu zingen, juf?' vraagt Ester.
Bijna alle kinderen zitten in een grote kring om het kampvuur. Alleen Koen staat met de handen in zijn broekzak tegen een boom geleund.
'Kom je ook zitten, Koen?' vraagt juf vriendelijk.
Zonder iets te zeggen staart de kleine jongen naar de grond.
'Hij mocht er niet bij van Jurrie', klikt Jonne.
Jurrie kijkt Jonne gemeen aan.
'Wat is dat voor onzin?' zegt juf verontwaardigd. 'We zijn op schoolkamp voor de gezelligheid en dat geldt voor iedereen! Heb je dat goed begrepen, Jurrie?'
Jurrie kijkt beledigd de andere kant op.
'Ze plagen hem altijd, juf', voegt Ester er grijnzend aan toe.
'Maar dat is nu afgelopen!' zegt juf Marleen. 'Naast Arnold is nog plek, Koen.'
'Naast een dief, geen wonder', fluistert Bas.
Schoorvoetend loopt Koen naar de aangewezen plaats. Zijn onderlip trilt en ondanks de warmte van het vuur, heeft hij het koud.
'Huilebalk!' sist Jurrie zo zachtjes dat juf het niet hoort.
Koen kijkt met wazige ogen in de verte. Daar langs de bosrand worden de schaduwen van de dennenbomen steeds langer. En hoewel het nog niet donker is, toveren de vlammen toch een speciale gloed op de gezichten van de kinderen.
'Beginnen we nu?'
'Bijna, als de moeder van Marjolein er is', antwoordt juf.
'Die komt eraan!' roept Jonne en ze wijst naar het zandpad.

Vlug stemt juf de gitaar nog even. Ze is er net mee klaar, als Marjoleins moeder aanschuift.
'Het is een heel gezellig gezicht, jullie zo vanuit de verte te zien zitten', zegt ze.
'Eerst Bobbietje, juf!' roept Fung-Yee er dwars doorheen.
Juf Marleen heeft geen uitnodiging meer nodig. Haar vingers glijden over de snaren en iedereen zingt gelijk mee. De stemmen dragen ver over het verlaten veld. Tijdens haar gitaarspel kijkt juf de kring rond. Bijna schuin tegenover haar zit Yoshi. Terwijl hij zingt, beweegt zijn hoofd op het ritme van de muziek. Het is alsof Yoshi voelt dat juf naar hem kijkt, want bijna op hetzelfde moment slaat de jongen zijn ogen op. Juf geeft hem een vette knipoog en meteen krijgt ze een kushandje terug, want zo is Yoshi ook wel weer.

'Het liedje dat ik nu ga zingen, heb ik speciaal voor dit kamp geschreven', legt juf uit. 'Het is het leukst, als je goed naar de coupletten luistert en het refrein meezingt. Over sommigen van jullie staan namelijk heel interessante dingen in de tekst.
'Ooeoeoeoe', klinkt het verwachtingsvol uit Esters mond.
'Het gaat vast over jou, Marjolein!' plaagt Jonne.
'Of over je moeder en meester Bastiaan! Au, je trapt op m'n teen!' schreeuwt Katja.
'Luister maar eerst naar het refrein, jongens!'
Juf zet een strak ritme in en direct klapt iedereen mee.
'Nee, wacht even met klappen', waarschuwt juf, terwijl ze de snaren dempt. 'We moeten eerst het refrein erin stampen! Maar het is niet moeilijk, luister maar!'

'Ja, dat kan gebeuren, dat geeft verder niets.
De Notenbalk heeft altijd iets!'

Die twee regels zijn zo eenvoudig dat iedereen ze na een minuutje uit het hoofd zingt. Dan komen de coupletten. De klas is muisstil, want iedereen is benieuwd over wie het zal gaan. Juf Marleens stem klinkt als die van een echte zangeres:

'Allemaal op tijd uit bed en nog een beetje lui,
stond Fer alsmaar te plukken aan de pluizen op zijn trui.
Hij keek heel erg verdrietig, maar we wisten ook niet dat,
zijn moeder bij het weggaan hem geen kus gegeven had.'

Steven mept zijn vriend op de schouder. 'Ha, da's een goeie, Ferdinand. Ik wil je wel een nachtzoen brengen hoor!'
'Of Marjolein!' roept Julian plagerig.
'Uuullgghh!' roept Marjolein met opgetrokken neus.
Ondertussen is juf aan het refrein begonnen.
De klas brult mee, maar als het volgende couplet komt, is het opeens weer muisstil.

'Gwen die had mij al gezegd, alleen daar in die tent
ben ik een bange schijter, misschien komt er wel een vent.
Ach maak je toch geen zorgen, da's echt niet nodig zeg.
Want met zo'n hoofd als Steven jaag je alle boeven weg!'

Nu is het Ferdinands beurt om te lachen. Hij verslikt zich bijna. Ook Steven lacht mee. Dat is het verstandigst, vindt hij.

'Notenbalk op schoolkamp: je hart staat er van stil.
Een nare scherpe waterbak, een hele harde gil.
En ja hoor, het is Katja, zij wijst snikkend naar haar been.
Daar loopt een dikke straal van rode druppels overheen.'

De coupletten volgen elkaar snel op en de klas vindt het prachtig.

'Vanavond bij de barbecue zat Jurrie steeds vooraan.
Hij vond echt alles lekker, hij liet geen kruimel staan.
Zijn maag had heel veel ruimte, was nog niet uitgeknord.
Dus daarom begon Jurrie bijna aan z'n plastic bord!'

De kinderen liggen dubbel om Jurries beteuterde gezicht. Maar voor hij iets kan zeggen, zingt juf weer verder. Ze legt expres een klemtoon op de namen van de kinderen, zodat iedereen goed hoort over wie het gaat.

'Ja, iedereen kent Bas toch als een grote, sterke vent.
Maar waarom staat dat stoertje nu te beven voor zijn tent?
Hij gaat er niet naar binnen, hij durft er niet in.
Nee, Bas die is geschrokken van een hele enge spin.'

Bas lacht het hardst van allemaal. Hij weet immers zeker, dat hij voor een spinnetje niet op de loop gaat.
'Let op, het refrein', roept juf, terwijl ze de snaren van haar gitaar iets harder aanslaat. De kinderen halen diep adem en schreeuwen bijna hun kelen schor.

'Ja, dat kan gebeuren, dat geeft verder niets.
De Notenbalk heeft altijd iets!'

'Er valt lekker geen regen, niet eens een kleine bui.
Je wandelt in een T-shirt, niet met een dikke trui.
Toch ligt de tent vol kleding, het is een grote troep.
Kijk, daar ligt Jonnes' hemdje en daar Aswats onderbroek.'

Iedereen moet zo verschrikkelijk lachen, dat er van het laatste refrein weinig meer terechtkomt. Juf kijkt verbaasd om zich heen.

'Wat een succes!' lacht de moeder van Marjolein. 'Hoe kom je d'r op? Geweldig hoor!'
Juf Marleens wangen gloeien. Van de warmte van het vuur, maar ook een beetje van trots.
'Nog een keer, juf!' roept Ester.
'Ja, nog een keer!'
'We want more!'[3] roepen een paar jongens in het Engels.
Gwen lacht.
'Ja juf: we want more!' spreekt ze foutloos in haar eigen taal. 'Maar we moeten met het spel beginnen, anders komen jullie te laat in bed.'
'Meester is er nog niet eens!' zegt Ferdinand.
'Toe nou!'
'We want more! We want more!' schreeuwen ze over het terrein. Tegen zoveel stemmen kan juf Marleen niet op en lachend zet ze het refrein opnieuw in.

Meester Bastiaan holt over het zandpad. Zijn hart bonst en hij voelt het zweet over zijn rug lopen. Het vrolijke gezang van de kinderen laat meester steeds harder lopen. Alleen nog de bocht om. Ja, daar zijn ze. Meester Bastiaan loopt gelijk door naar juf en legt zijn handen op haar schouders.
'Wil je nu stoppen, Marleen?' fluistert hij gehaast.
Midden in het lied legt juf haar hand op de snaren. De kinderen zingen nog even verder, maar krijgen dan door dat er iets niet klopt.
'Aaah juf ... waarom stopt u nou?' roept Katja.
'Toe, verder ...!' klinkt het teleurgesteld.
'Dat kan niet, jongens en meisjes. We moeten stoppen met zingen, want er is iets heel ergs gebeurd.'

3. Wij willen meer!

Meesters ernstige stem snijdt opeens al het plezier aan stukken. Geschrokken kijkt een aantal kinderen de onderwijzer aan. Doodstil is het nu in de kring. Meester Bastiaan is nog buiten adem van het harde lopen. Met een zakdoek veegt hij het zweet van zijn voorhoofd en uit zijn nek. Dan haalt hij diep adem.
'Ik snap niet hoe het kan', zegt hij. 'Ik snap er niets van!'
Meester schudt verdrietig zijn hoofd.
Dan kan Jan-Willem zich niet meer stilhouden. Met half schorre stem roept hij: 'Wat is er gebeurd dan?'
'Ja, Bastiaan, vertel dan wat er gebeurd is', zegt de moeder van Marjolein ongerust.
Het wordt gelijk rumoerig rond het kampvuur. Meester Bastiaan snuit uitgebreid zijn neus.
Zijn ogen staan verdrietig als hij antwoord geeft op de vraag.
'De zak met spullen is weg! Portemonnees, schoolreisgeld, walkmans, computerspelletjes, alles!'
'Hoezo weg?' vraagt juf Marleen niet al te snugger.
Meester schiet van de zenuwen half in de lach.
'Gestolen uit mijn auto. Alles lag veilig voor in de kofferbak, maar toen ik mijn zaklantaarn wilde pakken, was de bak leeg!'
De moeder van Marjolein schudt mismoedig haar hoofd.
'Verschrikkelijk, en wat nu?'
Ook de kinderen houden zich niet meer stil. Iedereen praat opgewonden door elkaar.
'Wat had jij afgegeven, Steven?'
Steven bijt nerveus op zijn onderlip.
'M'n portemonnee en m'n gameboy.'
'En ik mijn splinternieuwe walkman!' Julian zegt een lelijk woord.
Ze zijn allemaal wel iets kwijt. Juf Marleen, meester Bastiaan en de moeder van Marjolein kijken elkaar kort aan.

'Gaat u naar de politie, meester?' roept Bas.
'Ja, misschien zijn de dieven nog in de buurt!' bedenkt Ester.
Het lawaai wordt minder. Gespannen wachten de kinderen op meesters antwoord. Hun onderwijzer haalt diep adem.
'Nee, dat doe ik niet!' zegt hij beslist. 'De politie helpt toch niet, dat heb ik vanmiddag wel gezien!'
Julians mond valt open van verbazing. Wat zegt meester daar? Niet naar de politie? Dan kan hij zeker fluiten naar zijn walkman! Julian begrijpt er niets van en opent zijn mond om te protesteren. Maar voor hij zover is, zegt meester: 'Jullie sporen de dieven zelf op! Jullie met z'n allen!'
Er klinkt alleen een schaapachtig gelach. De kinderen zijn te verbaasd om te reageren.
'De dieven hebben namelijk een spoor achtergelaten. Een spoor van rode draadjes aan de bomen.'
'Rode draadjes?'
Steven is de eerste, die doorheeft wat er werkelijk aan de hand is.
'Het is een spel', schreeuwt hij hard. 'Snap dat dan, het is een spel!'
Meester en de twee juffen barsten in lachen uit.
'Hè, hè, ze zijn er eindelijk achter!'
Maar zo komt meester Bastiaan er niet vanaf. Met een woest gegil stuiven een paar jongens op hem af.
'Leugenaar!'
Meester ziet het gebeuren en lachend zet hij het op een lopen.
'Verzamelen bij de grote tent!' roept hij nog achterom.
Gillend en schreeuwend zetten de jongens en meisjes de achtervolging in.

6 Slim spel?

'Je moet de rode draadjes volgen. Ze hangen altijd op deze hoogte.'
Meester gaat staan en wijst vanaf zijn knie tot een halve meter boven zijn hoofd.
'Maar dat is niet alles, want anders waren de hardlopers gelijk de winnaar. Nee, tijdens de tocht kom je vier opdrachten en een controlepost tegen.'
'Leuk man!' stoot Steven zijn buurman aan.
'De opdrachten zijn met dikke viltstift op geel karton geschreven en aan een boom geprikt.'
Meester houdt een oude stallamp in de lucht.
'Ergens langs de weg, waar dit ding staat te branden, is de controle. Marjoleins moeder en ik hebben ons daar verstopt.'
Hier en daar wordt hardop gegrinnikt.
'Wat zielig voor juf Marleen', fluistert Katja in Marjoleins oor.
'Zij wil ook wel samen met meester het bos in.'
Jonne hoort het ook en moet hardop lachen.
'Au, je knijpt', roept Katja.
'En jij zeurt', sist Marjolein terug. 'Mijn moeder is niet op meester!'
'Misschien is meester op je moeder', fluistert Jonne terug.
'Au', klinkt het opnieuw en Jonne grijpt verontwaardigd naar haar grote teen.
'Ja, luisteren jullie weer?'
'Toe even, jongens', waarschuwt juf.
'Jullie moeten ons zoeken binnen een kring van vijftig meter. We staan dus niet vlak bij die lantaarn, onthoud dat goed!'
Jan-Willem steekt zijn hand omhoog.

'Moeten we jullie alleen zoeken, of moeten we ook nog iets anders doen?'
'Goeie vraag, maar daar geef ik geen antwoord op. Dat zie je vanzelf.'
'Lekker spannend!' vindt Ester.
'Als het maar niet helemaal donker is', fluistert Fung-Yee.
'Dat is juist leuk. Op boevenjacht in het donker!' zegt Jonne enthousiast. Ze wijst naar de lucht die geleidelijk van kleur is veranderd.
'Juf, wij moeten nu echt vertrekken. Wil jij de klas zo meteen in zes groepjes verdelen?'
Meester Bastiaan en de moeder van Marjolein staan op.
'Vergeet jullie zaklantaarns niet!' waarschuwt meester nog.
'In de schemering heb je ze wel nodig. Vooral als je ons wilt vinden, want wij zijn helemaal in het zwart.'
Meester laat expres een angstaanjagende lach horen. Bijna tegelijk wordt een aantal lichtbundels op hem gericht. Snel trekt meester de klep van zijn baseballpet tot over zijn wenkbrauwen.
'Doe die verdraaide zoeklichten uit, ik ben de dief niet!' grapt hij. Marjoleins moeder trekt meester Bastiaan ondertussen aan zijn arm het paadje op.
'Allemaal veel succes en tot straks!' roept hij nog achterom.
'Wel goed verstoppen!' schreeuwt Katja de twee nog achterna. Ze giechelt om haar eigen grap, totdat een venijnige schop tegen Katja's scheenbeen snel een einde aan haar plezier maakt.
'Au', roept ze.
'Sorry, mijn voet schoot uit', grijnst Marjolein.
'Jij kunt ook nergens tegen', bijt Katja terug.
'Overleggen jullie samen in welke groep je wilt?'
Ferdinand, Julian, Steven en Jan-Willem staan al bij elkaar.

'Fung-Yee, wij gaan samen, hè?'
De vrienden en vriendinnen zoeken elkaar op. Juf Marleen besefte te laat, dat ze het anders had moeten doen.
'Niet altijd dezelfde kinderen bij elkaar!' roept ze tevergeefs.
Links staan al twee groepjes te wachten. Ook Jonne heeft haar vriendinnen om zich heen verzameld en iets meer naar het midden staat het groepje van Yoshi. Juf heeft spijt, want ze heeft het verkeerd aangepakt. Als de klas mag kiezen, blijven altijd dezelfde kinderen over. En niet gekozen worden is verschrikkelijk naar. Ze ziet het aan de gezichten van Gwen, Aswat, Koen en Arnold.
'We kunnen beginnen, juf!' roept Ferdinand.
'Nee hoor, er zitten nog kinderen in de kring.'
'Maar onze groep is vol', klinkt het van achter een rug.
'En wij willen geen kneuzen', fluistert Yoshi zachtjes, zodat juf hem niet hoort.
'Wij hoeven er ook niemand meer bij!'
Juf Marleen weet dat het moeilijk wordt om de laatste kinderen nu bij een groepje in te delen. Dat geeft alleen gemopper en ontevreden gezichten. Daarom bedenkt juf maar een andere oplossing.
'Heeft meester wel gezegd dat je onderweg dingen moet opschrijven?' vraagt ze plotseling.
'Heb ik niet gehoord!' roept Julian.
'Dat heeft-ie vast vergeten, maar het moet wel hoor!'
Verschillende jongens en meisjes rennen al terug naar hun tent om een pen of een potlood op te halen. Ondertussen loopt juf Marleen naar de vier overgebleven kinderen. Vrolijk springt ze in de kring.
'Dus dit worden de winnaars van vanavond?' vraagt juf, terwijl ze Gwen plagend in haar nek grijpt.
'Lopen jullie dan maar eventjes mee.'

Juf Marleen loodst het viertal naar een rustig plekje achter de grote tent.
'Ik heb geen zin', bromt Koen.
'Weet je wel hoe lang meester bezig is geweest om alles voor te bereiden? 't Is een machtig spel, joh!'
Koen haalt ongeïnteresseerd zijn schouders op.
'Jij dan, Arnold?'
Arnold draait zijn hoofd weg. Sinds het gedoe met dat geld is de lol van het kamp er voor hem helemaal af.
'Oh, ik snap het al', zegt juf. 'Jullie zijn bang dat de anderen het beter doen.'
Aswat kijkt juf Marleen met felle ogen aan.
'Pfoe, die stomme Yoshi zeker! Ik kan veel harder rennen dan hij.'
'En ik heb kattenogen', zegt Gwen.
'Volgens mij ook,' knikt juf, 'maar ga je die niet gebruiken?'
Gwen bijt op haar onderlip, maar antwoordt niet.
'Of willen jullie alleen niet meedoen, omdat je niet gekozen bent?'
'Pfff, kan me niks schelen', snuift Koen onverschillig.
'Ja Koen, als je zelf nooit verandert, blijf je altijd een buitenbeentje.'
Juf gebruikt harde woorden, maar die dringen vaak het best tot iemand door.
'Jullie moeten samen laten zien wat je kunt!'
Arnold kijkt expres de andere kant op.
'Of denk je dat zielig doen het beste werkt, Arnold?'
'Ze vinden toch allemaal dat ik een dief ben!' sist Arnold met een stem vol kwaadheid.
'Dus jij weet precies wat iedereen denkt. Dat is geweldig knap', spot juf.
Gwen ziet aan juffrouws ogen, wat ze van die opmerking vindt.

'Ik geloof helemaal niet dat Arnold heeft gestolen!' zegt Aswat opeens. 'En ik wil ook best samen spelen!'
Blij verrast kijkt juf Marleen de kleine Irakese jongen aan.
'Dat bedoel ik', zegt ze en tikt met haar wijsvinger op Arnolds borst.
Arnold slaat zijn ogen neer.
'Laat vanavond maar zien, dat jullie ook een groep zijn. En dan bedoel ik helemaal niet dat je moet winnen of zo. Samen plezier maken, dat is al genoeg!'
Koen schuift zijn bril iets naar voren en wrijft in zijn ogen. Hij weet precies dat juf gelijk heeft. Hij is geen durfal en moet vaak huilen. Daarom laten de meeste kinderen in de klas hem links liggen.
'Wat zeggen jullie: doe je mee?'
'Ikke wel!' antwoordt Aswat vol overtuiging.
'Alleen als Arnold ook gaat', besluit Koen.
Juf stapt op Arnold af en legt haar handen op zijn schouders. Haar grote bruine ogen kijken de jongen doordringend aan.
'Vergeet niet wat meester tegen je gezegd heeft.'
Arnold bijt op zijn onderlip. Hij kijkt langs juf heen naar de andere kinderen. Zíj weten al lang hoe het voelt zonder vrienden. Hij pas sinds vanmiddag.
'Goed', zegt Arnold hees.
'Gwen?'
Ze knikt haast onmerkbaar.
'Oké, vriend!' lacht Aswat en slaat Arnold enthousiast op de schouder.
Arnold schiet in de lach.
'Heel fijn!' reageert juf Marleen opgelucht. 'Laat de rest maar zien, dat jullie een goed team zijn.' Ze duwt de kinderen zachtjes voor zich uit en samen wandelen ze terug naar de tent.

'De twee minuten zijn om! De volgende groep mag vertrekken!'
Als Marjolein en Fung-Yee hun zaklantaarns aanknippen, wordt het smalle bospaadje opeens helder verlicht.
'Tot straks, juf!' roept Ester opgewekt.
'Schiet maar op, de laatste groep is bijna aan de beurt', waarschuwt juf.
'Snel, Katja, voor ze ons achtervolgen.'
Giechelend hollen de meisjes het bospad af.
'Die kant op, daar hangt een draadje!'
Langzaam sterven de stemmen weg en alleen het licht van de zaklantaarns danst nog tussen de bomen door.
'Nou, maak er wat van, hè!' zegt Juf Marleen, terwijl ze Aswat bemoedigend op zijn schouder klopt.
'Wij gaan gewoon winnen', weet hij zeker.
'Kom, we gaan', zegt Arnold en knipt zijn lamp aan.
'Even wachten nog', klinkt opeens de stem van Gwen. 'Ik moet opeens verschrikkelijk nodig.'
'Net kon je de hele tijd!' zucht Arnold.
'Toen moest ik niet', haalt Gwen haar schouders op.
'Wel snel, straks is het helemaal donker.'
Juf Marleen kijkt op haar horloge.
'Zeg jongens, ik moet nu gaan, anders ben ik niet op tijd bij het eindpunt. Jullie redden je wel, hè?'
'Als Gwen terug is, gaan we meteen', antwoordt Arnold.
'Goed, veel succes!'
Juf draait zich om en verdwijnt met snelle pas in de schemering. De drie jongens kijken haar na.
'Zullen we vast naar de kruising lopen?' stelt Koen voor.
'Gwen moet daar toch langs.'
De anderen vinden het een goed idee.
'Laat je lamp zolang maar uit, straks zijn je batterijen leeg',

zegt Arnold tegen Aswat. Aswat verschuift het knopje en de zaklantaarn dooft.
'Pfoe, het is al best donker', vindt Koen en besluit gelijk dicht in de buurt van de anderen te blijven.
'Daar heb je Gwen alweer', wijst Aswat. Haar gestalte steekt duidelijk af tegen het verlichte toiletgebouw. Gwen ziet de jongens ook en holt naar ze toe.
'Alles gelukt?' vraagt Arnold.
'Nee, d'r naast gepiest', is Gwens rake antwoord.
De jongens schieten in de lach.
'Kom, straks is het zo donker, dat we geen enkel draadje meer vinden', waarschuwt Gwen.
Koen rilt, zo spannend vindt hij het. Na een poosje zien ze tussen de hoge bomen door hun tenten als wazige vlekken in het gras staan.
'Aan die tak hangt weer een draadje!'
Bij het felle licht van Gwens schijnwerper is het spoor goed te volgen. Koen loopt met Arnold voorop. Gwen volgt en Aswat sluit stilletjes de rij. Een eindje verder staan de stammen van de hoge dennenbomen als wachters aan de bosrand. Daarachter wordt het langzaam nacht.
'Mijn lamp knippert', ziet Koen een beetje bezorgd.
'Gewoon even schudden, dan gaan je batterijen ...'
Beng!
Geschrokken van de harde knal duikt Koen als een haas achter Arnolds rug.
'W-w-wat w-w-was dat?' vraagt hij stotterend.
'Schieten?'
'Nèh, dat kan niet', stelt Arnold zichzelf gerust.
'Het was een autodeur,' zegt Gwen beslist, 'of een kofferdeksel.'
'Kofferdeksel?' herhaalt Koen zenuwachtig.

'Natuurlijk, achter die bosjes bij de telefooncel staat meesters auto.'
Gwen krijgt plotseling een idee, stoot Arnold aan en loopt een eindje de struiken in.
'Ik ga kijken', fluistert ze achterom.
'Maar we moeten de draadjes volgen', vindt Aswat.
'Eerst zien wat meester bij zijn auto moet!' sist Gwen. 'Misschien heeft het met het spel te maken.'
Arnold begrijpt gelijk wat Gwen bedoelt.
'Jij wilt meester volgen naar zijn schuilplaats!'
'Ja, lekker makkelijk toch!'
'Maar de opdrachten dan?' werpt Aswat tegen.
'Wie de gestolen spullen vindt, heeft gewonnen', antwoordt Gwen kortaf. Arnold voelt wel wat voor het idee.
'Goed, we doen het,' besluit hij, 'maar voorzichtig dat meester het niet merkt.'
'Lichten uitlaten dus!' voegt Gwen er snel aan toe, als ze Koen aan zijn lantaarn ziet prutsen.
Ze is al uit het zicht verdwenen, als Aswat en Arnold ook de bosjes induiken. Koen moet wel volgen, want voor geen goud blijft hij alleen op het donkere bospad achter.
Zonder lawaai te maken hollen de kinderen tussen de hoge bomen door naar de parkeerplaats. Arnold steekt zijn hoofd als eerste uit de struiken. Ja, een eindje naar rechts staat meesters Volkswagen. Hij tuurt gespannen verder, totdat Gwen hem op de schouders tikt.
'Niks te zien', zegt hij teleurgesteld.
Koen en Aswat stappen nu ook uit de bosjes.
'Heb ik dat hele stuk voor niks gehold?' klaagt Aswat en wrijft teleurgesteld over zijn voorhoofd.
Niemand antwoordt.
'En ik ben ook nog tegen een tak geknald.'

'Als je rent, moet je niet alleen naar je voeten kijken, sukkel!'
Aswat blaast verongelijkt.
'Het was ook niet zeker, dat meester het was', zegt Koen.
'Echt wel!' sist Gwen en knijpt Arnold opgewonden in zijn arm.
'Au!'
'Daar gaat-ie!'
'Waar?'
'Bij de bosrand, schuin achter die huisjes. Kijk dan, slome!'
Maar alleen Gwens ogen zien de man, die half gebogen langs een blokhut in de struiken verdwijnt. Dan tekent de gestalte zich heel even af tegen het vage schijnsel van een buitenlamp.
De anderen zien hem nu ook.
'Ja, je hebt gelijk', roept Aswat enthousiast. 'Ik zie het aan zijn cap!'
'Als we rennen, halen we hem nog in, want hij liep gewoon langzaam.'

‘Ja, logisch’, vindt Arnold. ‘Hardlopen in het donker met een zak vol portemonnees en horloges is nogal raar.’
‘Kom op’, roept Gwen en holt als een wedstrijdloopster over de parkeerplaats. De drie jongens kunnen haar maar met moeite bijhouden.

7 De achtervolging

Opschieten, wenkt Gwen. Ze zit gehurkt achter een struik, precies op de plaats waar meester Bastiaan in de bosjes verdween. Aswat is als eerste bij haar.
'Zie je hem nog?'
'Nee dus!' antwoordt Gwen verwijtend. 'Want jullie kunnen niet rennen!'
'Ikke wel, maar Koen niet!' sputtert Aswat verongelijkt tegen.
'Waarom stoppen jullie?' hijgt Arnold, die nu pas komt aangehold.
'Omdat we meester kwijt zijn, slome!' snauwt Gwen.
Ze kan verschrikkelijk boos worden als iets mislukt.
'Waar bleven jullie?' vraagt Aswat.
'Koen liet z'n lantaarn vallen en ...'
'Kneus, nou is alles is voor niks.'
'Niet katten, Gwen', sust Aswat, terwijl hij Koen geruststellend op zijn schouder klopt.
'Misschien komen we hem nog tegen, als we die kant oplopen', stelt Arnold voor.
'Ik heb anders helemaal geen zin meer', antwoordt Gwen dwars.
'Nee, jij wilt liever bij de tent op de anderen wachten!' kaatst Arnold terug. 'Weet ik al wat er gebeurt.'
'Maar voor het spel is het nu ook veel te laat', beseft Aswat.
'Kom, we lopen gewoon dit paadje af.'
Koen schrikt van zijn eigen woorden. Meestal is hij niet zo ondernemend.
'Oké, Koen!' antwoordt Arnold en loopt zonder om te kijken met grote passen het kronkelpad op. 'Lantaarns uitlaten', fluistert hij achterom.

Aswat en Koen lopen mee en als zij ook uit het zicht verdwijnen, blijft er voor Gwen niets anders over dan te volgen. Mopperend sluit ze zich weer bij de drie jongens aan.
Het paadje slingert eerst een eind tussen de hoge struiken door. Dan buigt het ineens scherp naar rechts en plotseling staan ze op een smalle asfaltweg.
'Vakantiehuisjes', wijst Koen naar een aantal verlichte vensters in de verte.
'Misschien zit meester daar verstopt', bedenkt Arnold.
'Dan moet er ergens een lantaarn branden.'
'Goed opletten dan!'
Ze naderen het eerste huisje.
'Wat doen we?' vraagt Koen op gedempte toon.
'Gewoon naar binnen gluren,' antwoordt Arnold, 'dan zien we vanzelf of iemand thuis is!'
'Veel plezier!' mokt Gwen, die lui tegen een boom is gaan zitten.
Terwijl de anderen in het donker blijven wachten, sluipt Arnold voorzichtig op het gebouwtje af. De vakantiewoningen zijn oud, de raampjes klein en hier en daar bladdert de verf van de houten wanden. Op zijn tenen loopt Arnold naar het verlichte venster. Een snelle blik is voldoende. Een oude meneer kijkt aandachtig naar de televisie. Snel maakt Arnold zich weer uit de voeten.
'Oude mensen', fluistert hij, terwijl hij zich bij de anderen voegt.
'De volgende doe ik', fluistert Koen vol zelfvertrouwen. Hij begint warempel plezier in het avontuur te krijgen.
Na ongeveer vijftig meter blijven ze bij de tweede woning staan.
'Tot zo', grijnst Koen en gebukt loopt hij op het huisje af.
Dan gebeurt het. Als Koen nog twee stappen van het raam verwijderd is, zwaait de voordeur open.

‘Oei!’ slikt Aswat.
‘Bukken, slome!’ sist Arnold tussen zijn tanden.
Dat heeft Koen ook bedacht. Met bonzend hart zakt hij door zijn knieën en verschuilt zich vliegensvlug achter de openstaande deur.
‘Adriaan wacht, ik heb nóg een zak!’ roept een vrouwenstem.
‘Zeg dat dan meteen’, klinkt het mopperend en zonder op of om te kijken verdwijnt de man weer naar binnen.
Koen maakt zich meteen uit de voeten.
‘Ook niet dus’, zegt hij lacherig, maar aan zijn gezicht kun je zien hoe Koen geschrokken is.
‘Ik ben aan de beurt’, besluit Aswat achterom kijkend.
‘Pas op!’ waarschuwt Arnold en hij duwt zijn klasgenoot nog net op tijd opzij.
‘Kijk waar je bijna tegenop loopt, sukkel!
‘Rondwandeling 2 uur: blauwe paaltjes volgen’, leest Koen op een donkerbruine wegwijzer.
‘Ander keertje, Aswat’, grijnst Gwen alweer wat vrolijker.
Aswat wandelt schouderophalend verder. Hij is veel te nieuwsgierig naar het volgende huisje. Terwijl de anderen zich schuilhouden achter een dikke boomstam, loopt Aswat er voorzichtig naartoe en drukt zijn rug tegen het hout. Vervolgens schuifelt hij naar het grote raam en gluurt stiekem naar binnen.
Allemensen!
Aswats ogen worden groot van verbazing. Hij schudt zijn hoofd, knippert met zijn ogen en kijkt nog eens.
‘Wat heeft-ie lang werk’, fluistert Gwen ongeduldig.
‘Misschien is er niemand in de kamer.’
Aswat drukt zijn voorhoofd stijf tegen de ruit.
‘Kijk wat-ie doet, die mafkees!’ wijst Gwen. ‘Hij staat helemaal in het licht!’

'Aswat, niet doen!' waarschuwt Arnold geschrokken.
'Hij hoort je niet.'
'Tuurlijk wel!' antwoordt Arnold boos. 'Aswat, terugkomen!!'
Eindelijk draait de kleine jongen zich om en rent pijlsnel naar de anderen.
'Waarom bleef je zo lang staan kijken, stommerd?'
Aswat antwoordt niet, maar zijn hele gezicht grijnst.
'Heb je meester gezien?' vraagt Gwen ongeduldig.
'Ik denk het niet.'
'Hoezo, ik denk het niet?'
Aswat voert de spanning nog iets op en blijft zwijgen.
'Zeg dan waarom niet!' Gwen plukt opgewonden aan haar trui.
'Nou, meester ligt vast niet te zoenen op de bank!' antwoordt Aswat ten slotte triomfantelijk.
Even is het stil, maar dan klinkt een onderdrukt gelach.
'Zoenen?' roept Koen ongelovig.
Gwen kan zich ook niet langer goed houden.
'Ja, er liggen er twee te zoenen', herhaalt Aswat met twinkelende pretoogjes.
'Daarom bleef je zo lang gluren', begrijpt Koen grijnzend.
'Viespeuk!'
'Dat wil ik ook zien!' vindt Arnold.
'Doe niet zo kinderachtig!'
'Waarom mag ik niet kijken?'
'Ja, waarom niet?' valt Koen Arnold bij.
'Omdat het niet hoort', zegt Gwen beslist, 'en omdat we ...'
'Kijk ... daar ... verderop!'
Aswat bukt en trekt de anderen hardhandig mee naar beneden.
Allemaal kijken ze in de aangewezen richting.
'Meester!' juicht Gwen gesmoord en geeft Arnold zo'n harde zet, dat hij bijna zijn evenwicht verliest.

'Stommerd, ik val zowat achterover!'
Gwen heeft het niet eens in de gaten. Terwijl ze zich beter verstoppen, zien de vier hoe meester Bastiaan de deur van een vakantiehuisje dichttrekt. Hij trekt zijn cap wat dieper over zijn voorhoofd en loopt dan zonder om te kijken haastig het bospad af. Binnen twee tellen is hij in de duisternis verdwenen.
'Kom, erachteraan!' sist Aswat opgewonden.
'Nee sukkel, we gaan eerst die zak met spullen uit het huisje halen natuurlijk!'
'Als die spullen daar zijn, tenminste', remt Gwen Arnold een beetje af. 'Ik heb nergens een lantaarn gezien.'
'Misschien uitgewaaid', bedenkt Arnold. Nu ze het spel bijna hebben gewonnen, moet niemand hem tegenspreken. Vastberaden stapt hij op het donkere gebouwtje af.
'Hoe wil jij eigenlijk binnen komen?' vraagt Aswat, die naast hem komt lopen.
'Met dit warme weer staat altijd een raampje open', antwoordt Arnold zeker van zichzelf.
'Kijk, daar loopt nog iemand!'
Op hetzelfde moment duwt Gwen de drie jongens de bosjes in. Wanneer ze even later voorzichtig om het hoekje kijken, zien de vier een lange, stevige man met een zaklantaarn meesters huisje beschijnen. Zonder op of om te kijken, wandelt hij vervolgens naar de voordeur en voelt aan de klink.
'Niemand thuis', zegt Arnold op gedempte toon.
'Wat moet die kerel?' vraagt Koen verbaasd.
'Da's vast de dief, die op de camping rondloopt!' fluistert Gwen opgewonden.
Koen huivert bij de gedachte en kruipt nog verder de struiken in.
'Kijk, hij gaat er weer vandoor', meldt Aswat.
Ze zien hoe de brede gestalte onderzoekend om zich heen

kijkt. Dan loopt hij verder het pad af naar de volgende vakantiewoning.
'Wat zei ik je?' vraagt Gwen.
Ze wachten geduldig tot de geheimzinnige man helemaal uit het zicht is verdwenen.
'En nu zijn wij aan de beurt.'
Zonder op antwoord te wachten, staat Arnold op en sprint naar de schaduwkant van het gebouwtje. Even later zitten ze gehurkt tegen de geteerde planken.
'Wat heb ik jullie gezegd?'
Triomfantelijk wijst Arnold naar een raam, dat op een hoogte van een meter of vier op een kiertje staat.
'Daar kom je niet makkelijk bij', vindt Gwen.
'Ik kan op Arnolds schouders klimmen', stelt Aswat voor.
'Dan red je het nog niet.'
'Wacht eens,' begint Koen, 'een eindje terug stond toch een container? Als we die gebruiken ...'
'Dat ding maakt veel te veel lawaai.' Gwen ziet het niet zitten.
'We kunnen hem tillen', bedenkt Aswat.
'Ophalen die vuilnisbak!' beslist Arnold.
De drie jongens rennen opgewonden terug naar het huisje waar de afvalbak stond.
Gwen kijkt ze hoofdschuddend na.
Arnold is er als eerste en opent gelijk het deksel.
'Bijna leeg.'
'Dan kunnen we hem dragen.'
Voorzichtig kantelt Aswat de grijze container, zodat de anderen hem aan de bovenkant kunnen vastpakken.
'Hebben jullie 'm?'
Met vereende krachten dragen de jongens de bak naar het huisje van meester Bastiaan. Gwen zit er nog steeds op de grond tegen de muur.

'Ik heb heel goed geluisterd, maar er is niemand thuis.'
'Mooi, wie klimt naar binnen?' vraagt Arnold.
'De kleinste natuurlijk, anders hou je het niet.'
Ze kijken alle drie naar Koen.
'Eerst op die vuilnisbak en dan bij Arnold op z'n schouders? Ik weet niet of ik dat wel durf', fluistert Koen geschrokken.
'Als wij helpen wel', vindt Aswat.
'En ik m'n nek breken!' mokt Koen.
'Jij bent de enige die ik kan dragen, de anderen zijn te zwaar', zegt Arnold.
'Je kunt het vast, Koen', spreekt Gwen hem moed in.
'Goed dan, maar jullie moeten Arnold wel tegenhouden en die bak niet laten wiebelen.'
'Logisch!' zegt Aswat.
'En als ik binnen ben, doe ik eerst de voordeur open, want ik ga echt niet alleen zoeken.'
'Goed, maar dan moeten we wel opschieten.'
Snel zetten Koen en Aswat de container onder het raam.
'Gwen, jij kijkt of er iemand aankomt', commandeert Arnold ondertussen.
'Opschieten', stoot Koen Arnold aan.
'Als iemand komt, hoest ik heel hard', bedenkt Gwen en kijkt alvast spiedend de weg af.
Arnold staat inmiddels al boven op de container.
'Kom maar, Koen.'
Aswat geeft Koen een steuntje en binnen twee tellen staan de beide jongens naast elkaar op de verhoging.
Koen kijkt bezorgd naar het ingedeukte deksel onder zijn voeten.
'Voel je dat?'
'Hindert niks, klim maar omhoog', stelt Arnold hem gerust.
Hij vouwt zijn handen tot een soort kommetje. Dat is het

opstapje. Van daar klimt Koen gemakkelijk op Arnolds schouders. Aswat drukt ondertussen met zijn volle gewicht van voren tegen de container.
'Ja bijna', moedigt hij de jongens aan.
'Jij kletst lekker!' sist Koen zenuwachtig.
'Pas op, nu zak ik iets door m'n knieën en dan druk ik je zo naar boven.'
Koen houdt zich goed vast en luistert gespannen naar de aanwijzingen die Arnold geeft.
'Ietsje hoger ... nu je voet erin ... één, twee, ja!!'
Met alle kracht duwt Arnold Koen de lucht in. Het wiebelt als Koen zijn andere voet in Arnolds handen zet, maar al gauw klinkt het opgelucht van boven: 'Ik heb de rand vast.'
Voorzichtig zet Koen het raam op de wijdste stand.
'Nu als ik het zeg op mijn schouders klimmen: één, twee, ja!'

Koen schiet omhoog en slaakt van schrik een gil.
'Sst', waarschuwt Aswat.
Gwen kijkt bezorgd achterom en ziet twee benen uit het raam bengelen. Meteen daarna klinkt een harde plof.
'Yes!' juicht Aswat zachtjes.
Even later kijkt Koen over de rand omlaag.
'Ik laat jullie erin.'
Haastig zet hij het raam weer op een kiertje en zoekt in het donker voorzichtig zijn weg naar beneden.
'Stommerd', scheldt hij plotseling op zichzelf. Koen veegt het zweet van zijn voorhoofd en grijpt naar de zaklantaarn in zijn broekzak. Binnen tien tellen is de voordeur open.
'Kom snel', fluistert Koen gespannen.
Gwen kijkt oplettend om zich heen.
'Niemand heeft ons gezien', zegt ze, de deur achter zich dichttrekkend.
'Als we nu de zak vinden, hebben we het spel gewonnen', juicht Aswat.
'Het is een grijze zak met een wit touw erdoor', weet Arnold. 'Van hele sterke stof.'
'Kunnen we licht maken?' vraagt Aswat.
Arnold denkt kort na.
'Alleen met je hand om de lantaarn heen, dan schijnen de stralen niet zo in de rondte.'
'We lijken wel inbrekers', grinnikt Koen.
'Toe, beginnen!'
Gwen voelt zich ongemakkelijk in het donkere huis en loopt met snelle passen naar de keuken. Daar zweven de zwakke lichtbundels spookachtig in de rondte. De tafel en de aanrecht zijn leeg. Net als de meeste kasten.
'Nu de woonkamer,' commandeert Arnold, 'en houd je hand voor de lamp!'

Twee minuten duurt het, voordat de woonkamer helemaal doorzocht is.
'We vinden die spullen nooit', klaagt Koen.
'Misschien liggen ze boven', vermoedt Aswat.
Achter elkaar rennen ze de trap op, maar ook de twee kleine slaapkamers hebben niets te verbergen.
'Laatste kans', zegt Gwen, terwijl ze de derde slaapkamerdeur opent.
'Ik hoop dat ...'
Verder komt ze niet, want haar zaklamp beschijnt een grijze tas die gewoon op het bed ligt.
'Dat is hem!' juicht Arnold opgewonden.
'Oehh, wat gaaf!' gilt Aswat. 'Wij winnen! Wij winnen van al die opscheppers!'
De anderen kijken hem met lachende gezichten aan.
'Ja, wij zijn de beste! De superspeurders!' juicht ook Koen.
'Wát zeg je!?' wil Arnold weten. 'Jij bent hier langsgelopen, zonder iets te zien.'
'Ach, wat maakt dat nou uit?' hakkelt Koen.
De anderen lachen om zijn beteuterde gezicht.
Ondertussen opent Arnold de tas en gooit de inhoud op bed.
'Hier, Stevens gameboy en de walkman van Julian', ziet Gwen.
'Oeoeoe ... écht gewonnen!' wrijft Aswat zich in de handen.
Van plezier danst hij een rondje door de kamer.
'Doe normaal, straks hoort iemand ons nog!' waarschuwt Arnold.
'Zullen we nu gaan?' vraagt Koen gespannen.
Gwen is ondertussen naar de grote klerenkast gelopen, die in de hoek van de slaapkamer staat. Nieuwsgierig opent ze de deur en schijnt ze met haar zaklantaarn naar binnen.

'Kijk nou!' gilt ze opgewonden.
Op de onderste plank liggen naast elkaar een blauwe tas en een rode rugzak. Vliegensvlug kiepert Gwen de inhoud van de tas op bed.
Autosleutels, een portemonnee en een portefeuille.
'Die spullen zijn niet van meester!'
'Maar die rode rugzak wel!' zegt Aswat beslist. 'Meester had een rode rugzak met witte letters erop!'
'Maar die is in het zwembad gestolen!'
Koen begrijpt er niets van en krabt zenuwachtig aan zijn neus.
Ondertussen pakt Arnold de rugzak haastig uit. Een kaart, een shirt, een zonnebril, een handdoek en een verbanddoos.
'Heeft meester zijn eigen spullen dan gestolen?'
'Nee slome, natuurlijk niet!' antwoordt Gwen hoofdschuddend om zo veel domheid.
'Maar wat deed hij dan in dit huisje?' vraagt Koen zich hardop af.
'Misschien was dat meester wel helemaal niet!' roept Gwen.
Langzaam begint de waarheid ook tot de anderen door te dringen. 'We moeten hier meteen weg!' sist Arnold geschrokken. Snel stopt hij alle spullen in de rode rugzak en stuift de trap af.
'Wacht op mij!' gilt Koen, die van achter het bed vandaan moet komen.
Arnold is inmiddels al beneden en smijt de tussendeur naar de gang open. Binnen twee tellen is hij bij de voordeur. Hij steekt zijn hand uit, maar het lijkt opeens of iemand anders die bestuurt. Arnolds ogen worden groot van schrik en in een golf van duizeligheid ziet hij nog net, hoe de klink van de voordeur hard naar beneden wordt geduwd. Gwen en Aswat botsen tegen hem op.
'Toe dan!'

Maar in plaats van te rennen, stapt Arnold achteruit.
'Terug!' gilt hij veel te laat.
Tegelijk knalt de deur met een geweldige smak tegen de zijmuur.

8 Opgesloten

'Krijg nou wat!'
Een grote jongen in een spijkerjack stuitert de gang in en vloekt verschrikkelijk. Tegelijkertijd trekt zijn vriend de voordeur knallend achter zich dicht.
'Wat moet dat hier?' klinkt het snauwend.
Arnold voelt hoe zijn keel samenknijpt. Angstig houdt hij de tas met spullen achter zijn rug verborgen.
'De deur stond open', liegt Aswat.
'Mooi niet!' schreeuwt de grootste van de twee. Hij draagt een zwarte cap en kijkt Aswat vernietigend aan.
'Die heb ik achter mij dichtgetrokken!'
'En nou snel! Wat moeten jullie hier?'
'We zoeken onze meester, voor een speurtocht', antwoordt Gwen zo kalm mogelijk.
'Jullie meester is hier niet!'
'Oké, maar we zagen een man met een zwarte cap uit dit huisje komen.'
'Onze meester heeft ook zo'n pet!' probeert Aswat de beide jongens te overtuigen.
'Gefeliciteerd!' spot het joch met het spijkerjack en veegt grijnzend een lange pluk blond haar van zijn voorhoofd.
'En toen zijn we hem achterna gehold.'
'Maar we konden meester nergens meer vinden en toen zag Arnold dat de deur openstond', liegt Aswat.
'Jullie liegen dat je barst!' De jongen met de pet doet twee stappen vooruit en prikt met zijn wijsvinger op Aswats borst.
'Als je je meester moet zoeken, dan loop je hem achterna als je hem ziet!'
Aswat weet geen antwoord meer.

'Mogen we alsjeblieft gaan?' vraagt Koen van achter Arnolds rug.
'Anders wordt meester ongerust.'
'Ja, ze zijn ons vast al aan het zoeken', verzint Gwen.
De twee grote jongens kijken de kinderen wantrouwend aan. Arnolds benen trillen en de tas achter zijn rug weegt als lood. Tegelijkertijd spookt er van alles door zijn hoofd. Wat gebeurt er als die jongens de spullen zien?
'Zijn jullie boven geweest?' vraagt de blonde jongen opeens en loopt voor de kinderen langs een eindje de trap op.
'Neeuh, we zijn net binnen', liegt Arnold zo goed mogelijk. Onopvallend doet hij twee stappen naar de muur. Hij moet oppassen, anders zien ze wat hij achter zijn rug verbergt.
'Even controleren', zegt het joch en met grote passen rent hij naar boven. Zijn vriend met de cap gaat met gekruiste armen voor de uitgang staan.
Plotseling denderen de vloeken naar beneden en geschrokken kruipen de kinderen nog dichter bij elkaar.
'Het spul is weg, Son! Die snotters staan ons voor te liegen!' Terwijl de blonde jongen de trap afstormt, komt het andere joch dreigend op de vier af.
'Niet boven geweest? Vuile leugenaars!'
Aswat, die vooraan staat, krijgt een gemene stomp tegen zijn schouder. Hij gilt van schrik en bijt op zijn onderlip. Gelijk daarna maakt het joch een dreigende beweging, waardoor de vier kinderen naast elkaar tegen de muur aan kruipen. Arnold staat nog steeds met zijn handen achter zijn rug vlak bij de trapleuning. De jongen met de cap krijgt het nu ook in de gaten en grijpt Arnold ruw bij zijn trui ...
'Wat heb jij daar verstopt?'
Arnold krimpt ineen.
'Als ik het niet dacht!'

Terwijl de lange jongen de rugzak te voorschijn trekt, blijft een van de draagriemen achter Arnolds elleboog haken.
'Los!' snauwt de dief, die denkt dat Arnold tegenstribbelt. Een harde duw zet zijn woorden kracht bij. Het angstzweet breekt Arnold uit.
'Dat ding zit vast', hijgt hij met moeite.
De jongen geeft nog een ruk en met een enorme zwiep knalt Arnolds arm tegen de trapleuning.
'Aauuuu!'
Een snijdende pijn schiet door zijn pols.
'Stel je niet aan!'
Maar Arnold gilt nog harder en grote tranen rollen over zijn wangen.
'Aaah, m'n pols, m'n pols!'
'Kijk nou wat je doet!' roept Gwen opgewonden uit. Ze geeft de grote jongen zomaar een duw.
'Ach, hij stelt zich aan!' antwoordt het joch toch wel een beetje geschrokken.
Arnold schreeuwt ondertussen de hele camping bij elkaar.
'Kijk dan!' wijst Gwen en buigt bezorgd over Arnold heen.
'Hij moet meteen naar een dokter!'
'Vergeet het maar!' snauwt de jongen in het spijkerjack, terwijl hij de tas van de grond oppakt.
Koen ziet hoe Arnold scheef op de tweede tree van de trap hangt en snikkend zijn rechterpols ondersteunt.
'Ja, die jankerd blijft lekker hier!' zegt zijn vriend gemeen grijnzend.
Nieuwsgierig doorzoeken beide jongens de rugzak.
'Volgens mij zit alles er nog in.'
Voor de zekerheid schuifelt Koen ondertussen een eindje bij de dieven vandaan. Stiekem kijkt hij achterom naar de lege gang en op hetzelfde moment flitst er een idee door Koens

hoofd. Even maar, want nog geen tel later wordt hetzelfde idee er door een angstig stemmetje gelijk weer uitgeschopt.
Stel je voor, veel te gevaarlijk.
'Ja, ook het geld in de portefeuille', klinkt het tevreden.
Zes stappen, schat Koen de afstand tot de voordeur. Zes stappen, de klink naar beneden en rennen.
Niet doen, straks gebeuren er nog meer nare dingen, begint het stemmetje weer.
Arnold begint opnieuw te kreunen.
'Jullie zijn gemeen!' schreeuwt Gwen plotseling half huilend. 'Zien jullie niet hoeveel pijn hij heeft?'
'Vette aansteller!' snauwt het blonde joch.
Opeens is Koen zichzelf de baas. Hij is nog drie stappen verwijderd van de buitendeur.
'Auauau, hij is vast gebroken', snikt Arnold.
'Wat doen we?' vraagt de jongen in het spijkerjack.
Besluiteloos zwaait zijn vriend de rugzak heen en weer. Door alle opwinding hebben ze Koen nog steeds niet gemist. Arnold is de eerste die het in de gaten krijgt. Vanuit een ooghoek ziet hij Koen opeens vlak bij de voordeur staan.
'Oooh, het doet zo'n pijn!' kreunt Arnold om de aandacht af te leiden.
Heel voorzichtig gaat Koens linkerhand naar de klink. Precies op dat moment krijgt het joch met de cap het in de gaten.
'Wel alle ...'
Het piept en kraakt als Koen met een snelle zwaai de deur opengooit, maar dat hindert niet meer. Hij is buiten en rent met bonzend hart de duisternis in.
'Let dan ook op, sukkel!' scheldt de cap tegen zijn maat. 'Erachteraan!'
Vliegensvlug doet de blonde jongen wat hem gezegd wordt.

Aswat, Gwen en Arnold kunnen wel juichen. Die Koen, als hij nou maar niet gepakt wordt.

Springend over boomstronken en struiken rent Koen als een haas door het bos.
Weg, zo ver mogelijk weg en meester waarschuwen, flitst door zijn hoofd. Dan schrikt Koen plotseling op uit zijn gedachten. Hij hoort het gekraak van takken achter zich.
Ze zitten me achterna! beseft hij angstig.
Van schrik struikelt Koen over zijn eigen benen, valt, maar rent hijgend weer verder. Zonder na te denken maakt hij een scherpe bocht en schiet een schelpenpad op. Koen puft en blaast.
Die jongens met hun lange benen lopen natuurlijk veel harder dan ik, denkt Koen benauwd en voelt gelijk zijn spieren moe worden.
Blijven rennen!
Maar dat is makkelijker gedacht, dan gedaan. Het steekt in Koens zij. Veel langer houdt hij het niet meer vol.
Bij een grote stapel hout duikt Koen opnieuw het bos in. O nee, prikkeldraad! Hij aarzelt geen moment en kruipt er pijlsnel onderdoor.
Krrttt! Zijn trainingsjack haakt aan de scherpe punten, maar met een felle ruk trekt Koen zich los. Tegelijk klinken snelle voetstappen op het pad. Even lijkt het of ze voorbij gaan, maar dan wordt het ineens griezelig stil. Terwijl zijn achtervolger luistert, hoort Koen alleen het bonzen van zijn hart.
Bang om ontdekt te worden gaat hij languit op de grond liggen. Met samengeknepen ogen tuurt Koen naar het schelpenpad, maar in deze duisternis valt niets te ontdekken.
'Kom er maar uit, ik heb wel je gezien!'
Koen schrikt van de snijdende stem en trillend van spanning drukt hij zich nog platter tegen de bosgrond.

Gelukkig maakt zijn donkere kleding hem bijna onzichtbaar.
'Ik zie je wel hoor!' schreeuwt het joch opnieuw.
Daar trap ik niet in, denkt Koen.
Plok!
Op nog geen vijf meter van hem vandaan ploft een tak op de dorre bladeren.
'Komt er nog wat van?'
Je kan de boom in, wenst Koen, en er hard weer uitvallen, denkt hij er tegelijk bij. Zenuwachtig grinnikt Koen om zijn eigen grap. Opeens kraakt het heel dichtbij. Angstig duikt Koen onder een boom met laaghangende takken.
'Je kunt je verstoppen, maar ik krijg je toch wel!'
Nog een halve meter en stilletjes verdwijnt Koens lichaam onder de bladeren.
Zieng! Zieng!
De jongen ramt met een tak op het prikkeldraad.
'Vervelend joch!' scheldt hij en slaat woedend nog een paar keer op de afrastering. Dan draait hij zich plotseling om en loopt terug naar het schelpenpad.
Niet direct opstaan, het kan een truc zijn, bedenkt Koen.
Voorzichtig kijkt hij in de richting van het pad. Niets te zien.
Langzaam telt Koen tot honderd. En dan, eindelijk, durft hij uit zijn schuilplaats tevoorschijn te komen. Terwijl hij zijn kleren afklopt neemt Koen snel een besluit.
Voor de zekerheid klimt hij niet over het prikkeldraad, maar volgt het slingerpad dat achter hem in het dennenbos verdwijnt. Nog even wachten met licht maken. Met zijn vinger op het knopje van de zaklamp stapt Koen dapper door. Opeens ritselt het in de struiken. Geschrokken drukt Koen zijn zaklantaarn aan. Niets te zien.
'Gewoon bosgeluiden', stelt hij zichzelf gerust en vervolgt haastig zijn weg.

Maar als een eindje verder de zware dennentakken van het pad een soort tunnel maken, voelt Koen toch een rare kriebel in zijn maag.
'Niet zeuren, doorzetten', spreekt hij zichzelf moed in. 'Teruggaan kan ook niet.'
Korte tijd later buigt het paadje ineens scherp naar rechts en komt uit op een asfaltweg. Koen slaakt een zucht van opluchting. Helemaal in de verte brandt een straatlantaarn. Zonder op of om te kijken holt Koen in de richting van het licht.
Zo merkt hij niet, hoe achter hem voorzichtig de takken van een hoge struik uit elkaar worden gebogen. Een donkere gestalte maakt zich los uit de duisternis en rent Koen haast geruisloos achterna.
'Wacht jij eens even!'
Geschrokken kijkt Koen achterom, maar het is al te laat. Vanuit het donker grijpt een stevige hand hem bij de schouder.

'Stommeling!'
'Ik kon er niks aan doen! Zijn voorsprong was te groot en hij had donkere kleren aan.'
'Lekker dan.'
'Ja, je kunt blijven zeuren, maar ik kan er niks aan veranderen! Bedenk maar liever wat we moeten doen!'
Gwen, Aswat en Arnold zitten op de trap en luisteren hoe de twee jongens ruziën. Uiteindelijk hakt het joch met de pet de knoop door.
'We sluiten ze op in de kasten.'
'En hoe komen we van de camping? Om deze tijd kun je de poort niet meer uit en onze auto staat ...'
'Sst, die kinderen horen alles ook', klinkt het waarschuwend.
De cap denkt even na.
'Zeg het maar in het Engels, dat verstaan ze toch niet.'

De jongens praten verder in die vreemde taal en sluiten Gwen en Aswat ondertussen op in de gangkast.
'Heb jij even geluk', grijnst het joch met het spijkerjack, terwijl hij de deur dichtduwt.
'Samen met zo'n knappe meid in een donkere kast.'
Hij lacht schaterend om zijn stomme opmerking. De jongen met de baseballcap draait snel de sleutel om, stopt hem in zijn broekzak en bonst drie keer op de deur.
'Veel plezier!'
'Where?',[4] vraagt de blonde jongen opeens weer in het Engels.
'In the lockerroom near the swimmingpool!'[5]
'Oké', knikt hij goedkeurend.
'Vooruit, naar boven, jankerd!'
Arnold wordt ruw overeind getrokken en de trap opgeduwd.
'Au, je doet me zeer!'
'Aansteller!'
Hardhandig duwen de dieven Arnold in de slaapkamerkast en draaien de deur op slot.
'Niet huilen, hè?' treitert de blonde jongen.
Lachend lopen de twee naar beneden. Het joch met de cap schopt nog eens tegen de gangkast.
'Zijn jullie al begonnen?' vraagt hij, terwijl zijn lippen smakkende kusgeluiden maken. Een bulderende lach klinkt door het hele huis. Dan wordt de voordeur in het slot gesmeten en blijft het griezelig stil.

'Rustig, denk goed na. Hoe zagen die huisjes er precies uit? Stond er misschien een naam op?'
Peter, de kantinebaas, vuurt zijn vragen in sneltreinvaart op

4. Waar?
5. In de kleedzaal bij het zwembad.

Koen af, maar die schudt mismoedig het hoofd.
Dan legt Peter een vinger onder Koens kin en drukt zijn gezicht omhoog.
'Er kan je niks meer gebeuren, hoor', zegt hij geruststellend.
'Waar het nu om gaat, is dat we je vrienden vinden. En die twee dieven. Maar daarvoor heb ik jouw hulp nodig. Denk nog eens heel diep na en vertel: hoe zag het huisje eruit?'
Koen zucht.
'Het waren houten huisjes.'
'Kijk eens aan, dat is al iets. En verder?'
'Ja, verder niks.'
'Verdraaid Koen, er zijn wel honderd houten huisjes op de camping! Zo wordt het zoeken naar een speld in een hooiberg. Heb je verder niks bijzonders gezien? Een washok, een verkeersbord of zo?'
Opeens schiet Koen iets te binnen.
'Wacht, een container! Er staat een grijze container van plastic naast dat huis. Vanaf dat ding zijn we naar binnen geklommen.'
'Schiet ik ook niks mee op, die vuilnisbakken staan overal op de camping', zegt Peter hoofdschuddend.
Koen denkt nog dieper na en plotseling weet hij het.
'Er was een paal. Een houten paal voor een rondwandeling! Aswat botste er bijna met z'n hoofd tegenaan!'
'Ja, en wat stond erop?' vraagt Peter opgewonden.
Koen grijnst, want hij weet het.
'Volg de blauwe paaltjes!'
De kantinebaas geeft Koen een geweldige pets op zijn schouders.
'Fantastisch, makker! Dan zijn het de huisjes achter het Marterveld, vlak bij de grote speeltuin.'
Peter grijpt Koen bij de hand en sleurt hem bijna de weg over.

‘Oeh, sorry’, verontschuldigt hij zich.
‘Waar gaan we naartoe?’ vraagt Koen al rennend.
‘Bij de poort staat de jeep. Daar karren we er zo mee heen.’
‘En meester dan?’ vraagt Koen bezorgd.
‘Geen tijd, wij moeten het nu alleen doen!’
Koen slikt een keer. Hij was net zo blij dat hij van die rotjongens af was.

9 Op jacht

Meester Bastiaan kijkt bezorgd op zijn horloge.
'Bijna elf uur', zegt hij hoofdschuddend.
'En niemand is de groep van Arnold tegengekomen onderweg?' vraagt juf Marleen voor de tweede keer.
'Ze zijn vast verdwaald', denkt Steven.
Meester bijt nerveus op zijn onderlip.
'We moeten gaan zoeken!' zegt de moeder van Marjolein.
'Maar wel met duidelijke afspraken', knikt meester. 'Ik wil niet nog meer kinderen kwijtraken.'
'Tuurlijk niet.'
'Drie volwassenen, dus drie groepen', besluit meester Bastiaan nu snel. 'En geen geren door het bos: iedereen blijft bij elkaar!'
Hij kijkt speciaal naar de jongens achter hem.
'Is dat goed begrepen?'
'Ja, meester', klinkt het bijna tegelijk.
'Oké, dan gaan de groepen van Julian en Pelle met mij mee, die van Yoshi en Fung-Yee met juf Marleen en de rest met mevrouw Ophuizen.'
'Neem allemaal je zaklantaarn mee!' commandeert juf.
'Als jij nu de speurtocht nog een keer loopt,' zegt meester gejaagd, 'dan pakt Marjoleins moeder de kampeervelden en zoek ik in de buurt van de bungalows.'
'Afgesproken', klinkt het uit de monden van beide vrouwen.
'Uiterlijk om half twaalf hier terug en dicht bij elkaar blijven!'
Meesters stem klinkt bezorgd. De kinderen merken het ook en ze worden er stil van.
'Nou opschieten', spoort meester Bastiaan de groepen aan.
'Succes en tot straks!'

'Wie ze vindt, wint een prijs', roept Bas nog, maar om zijn grap moet niemand lachen.

'Is dat even toevallig!'
Peter remt, als hij in het licht van de lantaarnpaal de campingbaas herkent.
'Meneer Lichtenberg!'
Verbaasd draait de eigenaar van de camping zich om.
'Wat doe jij nog zo laat op pad, Peter? En met een bijrijder?'
Meneer Lichtenberg trekt verbaasd zijn wenkbrauwen op.
'U komt als geroepen', begint Peter, zonder antwoord te geven op de vragen van zijn baas.
'Dit is Koen en dankzij hem ben ik de dieven op het spoor, die onze camping onveilig maken.'
'Nou Koen, dat is geweldig!' roept de man blij.
'Ze zitten in een van de houten huisjes bij de speeltuin. Samen met drie klasgenootjes van Koen.'
'Ja, we hadden alle gestolen spullen ontdekt, maar toen we weg wilden, kwamen die jongens binnen', legt Koen uit.
'Ik snap het', knikt meneer Lichtenberg ernstig en springt snel in de jeep.
'Rijden maar, voor die lui verdwenen zijn.'
Peter geeft gas en de terreinwagen spuit vooruit. Ondertussen praat hij zijn baas helemaal bij. Koen zit op de achterbank en luistert ontspannen. De nabijheid van twee sterke mannen geeft hem een veilig gevoel.
'Ja, dan zijn alle vluchtwegen afgesloten', knikt Peter.
De twee hebben hun plan al klaar.
Wat zullen ze schrikken in dat huisje, denkt Koen.
De jeep maakt een scherpe bocht en draait ronkend een zandweg op.
Als Koen in de verte licht door de bomen ziet schijnen, remt

Peter af en parkeert de auto langs het pad. 'Ze moeten ons niet horen aankomen', knipoogt hij.
Ze stappen uit en lopen met snelle pas naar de oude vakantiewoning.
'Daar is het!' wijst Koen, die opeens de grijze container ziet staan.
'Mooi, dan blijf jij hier wachten.'
Uit voorzorg zet Peter Koen achter een dikke kastanjeboom.
'En alleen komen, als ik je roep!'
Koen knikt, dat hij het begrepen heeft.
De beide mannen overleggen fluisterend en sluipen vervolgens gebukt op het huisje af. Even wacht Peter tot zijn baas achterom gelopen is. Dan neemt hij een korte aanloop en ramt met een harde trap de voordeur open. Van spanning drukt Koen zijn nagels hard in de palm van zijn hand.
Half struikelend stuift Peter de woning binnen. Nu kan het lawaai elk moment losbarsten. Koen luistert gespannen, maar vreemd genoeg blijft het in het huisje akelig stil.
Bonk, bonk, bonk!
Nee, daar heb je het!
Koen hoort duidelijk dat er hard op een deur wordt geslagen.
Op hetzelfde moment rent meneer Lichtenberg langs de voorzijde van het huisje en verdwijnt ook naar binnen.
Dan klinkt plotseling een scherp gekraak, gevolgd door een harde gil.
'Gwen!' schrikt Koen.
Hij houdt het niet meer en ondanks Peters waarschuwing rent Koen meneer Lichtenberg achterna, de gang door, rechtstreeks naar de woonkamer.
Daar zitten Gwen en Aswat samen op de bank. Peter geeft Gwen net een papieren zakdoekje. Ze veegt de tranen ermee van haar wangen en snuit haar neus. Ook Aswat heeft gehuild.

'Het is allemaal voorbij. Je hoeft niet meer bang te zijn', troost Peter en wrijft Gwen zachtjes over haar schouders.
Koen staat er een beetje hulpeloos bij.
'Ze waren zo gemeen', snikt Gwen.
'Vieze schooiers zijn het!' snuift Aswat vol ingehouden woede.
'Ze hebben Arnolds pols bijna gebroken en ons in de kast opgesloten!'
'Maar dat is allemaal voorbij', zegt Peter geruststellend.
Gwen kijkt haar redder dankbaar aan en valt zuchtend achterover in de kussens.
'We gaan jullie meester opzoeken en ...'
'Nee!' schreeuwt Gwen opeens met overslaande stem. 'Jullie moeten de dieven pakken! Ik weet waar ze zijn!'
'Wat zeg je me nou?' vraagt Peter verbaasd.
'Ja, ze gingen plotseling Engels praten, omdat ze dachten dat wij dat niet konden verstaan. Maar Engels is mijn eigen taal', legt Gwen snel uit. 'Ze kunnen vannacht niet weg, want hun auto staat binnen de poort. En daarom verstoppen ze zich in het kleedhok van het zwembad!'
'Da's een goeie!' wrijft Peter zich lachend in de handen.
Er klinkt gestommel op de trap en even later stappen Arnold en meneer Lichtenberg de woonkamer binnen.
'Hoe is het met je pols?' vraagt Koen meteen bezorgd.
'Een beetje gekneusd, maar niet erg! Ik heb gewoon expres hard geschreeuwd!' antwoordt Arnold zo stoer mogelijk.
De kinderen zuchten opgelucht en meneer Lichtenberg klopt Arnold op de schouder.
'Gelukkig maar!'
'En we hebben nog meer geluk', vertelt Peter snel.
'Dankzij Gwen weten we waar de dieven zich nu verstopt hebben!'
'Dat meen je niet!'

'In het kleedlokaal bij het zwembad!'
'Grijpen we ze toch nog in de kraag!' roept meneer Lichtenberg enthousiast.
'Dan zetten we eerst jullie af en ...'
De baas van de camping krijgt geen kans om zijn zin af te maken.
'Nee, wij willen mee', roept Koen, die zo langzamerhand de smaak te pakken heeft.
'Ja, we gaan niet naar de tent, hoor!'
De vier zijn het roerend met elkaar eens. Meneer Lichtenberg en Peter wisselen een snelle blik.
'Alleen als jullie beloven dat je in de auto blijft zitten.'
'Tuurlijk!'
'Ja, logisch!'
'En dan bedoel ik ook zitten blijven, want ongelukken kunnen we niet gebruiken!' zegt Peter streng, terwijl hij met een scheef oog naar Koen kijkt.
'Oké', lacht de kleine jongen.
'Dan gaan we snel', zegt Peter en duwt de kinderen voor zich uit de gang in. De campingbaas doet de lichten in het huisje uit en sluit zo goed als het kan de voordeur.
Er is precies genoeg plek in de achterbak van de kleine terreinwagen. Peter draait de sleutel om en even later floepen de lichten aan.
'Ik hoop dat ze zich naarschrikken zo meteen!' zegt Koen.
'Smijt ze maar in het zwembad!' vindt Aswat.
'Nou, nou, dat is nu ook weer niet de bedoeling ...', antwoordt meneer Lichtenberg achteromkijkend.
'Van mij mag het!' vindt Aswat.
'We leveren ze gewoon af bij de politie. Die weet er wel raad mee', mengt Peter zich in het gesprek.
'Houd je vast!'

Er volgt een scherpe bocht naar links en dan gaan ze met hoge snelheid verder.
Na een minuut of vijf mindert Peter vaart en stuurt de auto de berm in. Precies onder een lantaarn komt de jeep tot stilstand.
'Zo, hier blijven jullie wachten tot we terug zijn.'
'En als het lang duurt?'
'Hebben jullie een horloge?'
'Ja, ik', antwoordt Arnold.
'Als we om kwart voor twaalf er niet zijn, loop je samen deze weg terug', zegt Peter, op zijn klokje kijkend. 'Na honderd meter staat rechts een huis. Daar woont Sinus van Marle. Hij werkt ook op de camping. Bel hem maar uit bed en vertel wat er gebeurd is.'
Arnold knikt.
'Maar dat is vast niet nodig, want twee van die snotjongens zijn voor ons geen partij', zegt meneer Lichtenberg stoer en laat zijn vuisten zien.
'Laat ze maar goed schrikken!' adviseert Aswat.
'Ja, dat ze het in de broek doen!' lacht Gwen.
De beide mannen grinniken.
'Nou, tot zo.'
Ze draaien zich om en lopen geruisloos in de richting van het zwembad.
'Succes!' sist Koen ze nog na.
Peter zwaait als teken dat hij het begrepen heeft. Dan lossen de beide mannen langzaam op in de duisternis.

'Verrassing is de beste aanval', fluistert meneer Lichtenberg.
'Ik stel voor dat we gelijk naar binnen stormen.'
'Mijn idee', antwoordt Peter zacht. 'En keihard schreeuwen, dan staan ze stijf van de schrik.'
De beide mannen naderen nu het stenen kleedlokaal.

'Misschien slapen ze wel', fluistert Peter.
'Nog beter!'
Meneer Lichtenberg legt een vinger op zijn mond. Peter knikt en met hun ruggen tegen de muur schuifelen ze naar de ingang. Na een paar meter blijft meneer Lichtenberg opeens staan en kijkt achterom.
'Hebben wij geen touw nodig?' zegt hij zachtjes.
'Dit is genoeg', schudt Peter zijn vuist.
'Goed, daar gaat-ie dan.'
Peter houdt zijn lantaarn gereed. Nog een paar passen, het hoekje om en dan ...
'Aaaargghhhh!'
'Jaaaaa!'
Luid brullend stormen de mannen het kleedhok in. Binnen klinkt gegil. Peter schijnt met zijn lantaarn en knipt tegelijk het licht aan.
Links om de hoek zit de jongen met het spijkerjack. Hij kijkt de beide overvallers met grote angstogen aan. Het joch met de cap ligt op de grond. Hij sliep en is van schrik van de bank gerold.
Peter handelt snel. Binnen twee tellen grijpt hij de tas met gestolen spullen en duwt de jongen met het spijkerjack tegen de muur. Meneer Lichtenberg neemt de andere jongen voor zijn rekening.
'Losse handjes, hè', gromt Peter. 'Dat zal ik je eens afleren!'
Hij doet alsof hij keihard wil stompen. Angstig krimpt de dief in elkaar.
'Niet slaan!' roept meneer Lichtenberg zogenaamd geschrokken.
'Maar ik laat m'n spullen niet stelen door die snotapen!'
Peter speelt of hij door het dolle heen is. Meneer Lichtenberg doet zijn best niet te lachen om het bange gezicht van Peters slachtoffer.

'Zonder slaan gaan ze ook wel mee!'
'Met dit tuig heb ik geen medelijden! Ze moeten van mijn spullen afblijven!'
De jongen heeft het niet meer. Geen wonder, het ene moment lig je nog rustig te slapen en even later staat een dolleman voor je neus. Een dolleman met hele grote vuisten.
Peter schudt de dief ruw door elkaar.
'Niet slaan, niet slaan!' klinkt het angstig.
Meneer Lichtenberg bijt op zijn tong.
'Ik moest meedoen van Theo!'
'Hou je bek!' sist het joch met de cap.
Opeens draait Peter zich om en stormt op de schreeuwlelijk af.
'Of had jij nog wat?' bijt hij de jongen toe.
'Hij liegt, hij heeft die Volkswagen opengebroken!'
'Verraaier!'
'Sukkel!'
Peter trekt het joch met de cap aan zijn jasje omhoog.
'Jij mag kiezen, mannetje. Je gaat nu rustig zitten, of ik laat je alle hoeken van de kleedkamer zien.'
Peter tilt de jongen bijna van de grond. Alleen zijn tenen raken de vloer nog.
'Doe normaal!' houdt het joch zich groot. 'Ik zit al!'
'Heel verstandig', zegt Peter met een gemeen gezicht.
Hij duwt meneer Lichtenberg de rode rugzak met gestolen spullen in de handen.
'Rijdt u maar naar kantoor en bel de politie. Ik pas zolang op deze twee figuren.'
'Is dat wel zo verstandig?' vraagt de campingbaas.
'Helemaal geen probleem. Als ze willen vechten, moeten ze dat maar proberen. Graag zelfs.'
Peter kijkt de jongens uitdagend aan, maar de twee hebben geen plannen in die richting.

'Goed, ik ben binnen tien minuten terug.'
Meneer Lichtenberg draait zich om en loopt de kleedruimte uit. Peter gaat bij de uitgang staan en leunt met zijn rug tegen de muur.
'Tot straks', roept hij zijn baas nog na en hij slaat uitdagend met de zaklamp in de palm van zijn hand.

10 Kanjers

'Doorlopen, anders komen we te laat. Het is bijna tien voor half twaalf.'
Meester Bastiaan snuit zijn neus.
'Hé meester, daar gaat iemand!' wijst Steven.
Een donkere gestalte loopt met snelle passen langs de kleedruimte bij het zwembad.
'Dat zijn geen kinderen, dat is een man', antwoordt meester vermoeid.
Hij volgt de persoon met zijn ogen, maar in de duisternis valt niet veel te zien.
'Hela, meneer!' roept Julian brutaal.
'Hij heeft iets in zijn hand', fluistert Jan-Willem, die niet eens in de gaten heeft dat hij zachtjes is gaan praten.
'Ja, een tas!'
Stevens kattenogen zien alles in het donker.
'Meneer, mogen we even wat vragen?' roept meester plotseling toch wel een beetje nieuwsgierig.
De donkere gestalte kijkt om, maar loopt haastig verder. Dan verdringt een straatlantaarn langzaam de duisternis. Op hetzelfde moment zwaait de wandelaar zijn tas over de schouder.
Meester Bastiaan ziet het direct.
Dat is zijn rugzak! Daar loopt de dief van zijn spullen!
'Hé, wacht eens even!' roept meester nu gebiedend.
De man kijkt weer achterom en begint nog sneller te lopen.
'Wat moet dat met mijn rugzak?'
Meester Bastiaans hart begint te bonzen en zo snel hij kan rent hij de man achterna.
'Niet doen, meester!' roept Jurrie geschrokken. Maar de andere jongens aarzelen niet en beginnen ook te rennen. Hun

meester achtervolgt een dief, daar moeten ze bij zijn. Julian loopt voorop en ziet de afstand tussen de twee mannen steeds kleiner worden. Nog tien meter, nog vijf. Vlak bij de telefooncel schopt meester de dief onderuit.
Plof.
De man valt voorover op de grond en meester Bastiaan duikt er gelijk bovenop.
'Laat los', gilt de dief. 'Bent u helemaal gek geworden?'
'Ik niet!' snuift meester. 'Maar wat doe jij midden in de nacht met mijn spullen?'
'Uw spullen? Hoe komt u erbij? Ik breng deze rugzak naar de politie.'
'Gaan we smoesjes verkopen? Dat is mijn rugzak!' bitst meester en trekt woedend de rode tas uit de handen van de dief.
'Mijn rugzak met mijn handdoek, mijn shirt, ... Wel alle ...!'
Met grote ogen van verbazing haalt meester Bastiaan een walkman en een gameboy tevoorschijn.
'Dat is mijn walkman!' schreeuwt Julian.
'Hoe kan dat?' zegt meester op scherpe toon.
'Dat probeer ik u net uit te leggen ...'
Uit het donker springt opeens een jongen in de kring.
'Meester wat doet u nou?'
'Arnold!'
Meester Bastiaans stem slaat ervan over.
'Jongen, waar zat je? En waar zijn de anderen?'
'Hier!' klinkt het vanuit de duisternis.
Gwen, Aswat en Koen rennen op het groepje af.
Van verbazing vergeet meester de man met de rugzak. Hij loopt naar de vier kinderen toe en pakt ze stuk voor stuk bij de schouders.
'Stelletje mafkezen!' roept hij opgelucht uit.
Meneer Lichtenberg krabbelt ondertussen overeind en klopt

zijn kleren af. Hij snapt er maar weinig van.
'Wat ben ik blij dat jullie terecht zijn. Wil je dat nooit meer doen?' vraagt meester nerveus aan zijn oor friemelend.
'Was je verdwaald?' vraagt Julian aan Aswat.
Steven mept Arnold op zijn schouder.
'Iedereen was ongerust!'
'Ja, we zijn jullie met z'n allen gaan zoeken!'
'Best leuk, twee speurtochten op één avond', grijnst Ferdinand en hij geeft Koen plagerig een zet.
Die hoort maar half wat er gezegd wordt. Speurtochten zijn nu niet belangrijk, hij wil iets anders weten. 'Waarom vecht u met meneer Lichtenberg, meester?' flapt hij er opeens uit.
'Meneer Lichtenberg?' vraagt meester verbaasd.
'Ja, de campingbaas!' wijst Arnold.
'Is dat de campingbaas? Maar die meneer had mijn tas op zijn rug met al onze spullen erin!'
'Die rugzak heeft een van mijn medewerkers net van twee dieven afgepakt! Dat wilde ik u zeggen, alleen kreeg ik daar de kans niet voor!'
'Oei', slikt meester.
'Ja, en nu moet ik de politie waarschuwen, want Peter zit alleen met die jongens in de kleedzaal van het zwembad.'
'Wat een bak!' mompelt meester en slaat een hand voor zijn mond.
Een paar kinderen beginnen te lachen.
'Neemt u mij niet kwalijk. Ik dacht echt ... vooral toen u begon te rennen.'
Meneer Lichtenberg ziet de grap er wel van in.
'Ik had misschien hetzelfde gedaan', zegt hij glimlachend.
'Toch snap ik nog steeds niet, wat mijn kinderen hiermee te maken hebben', zegt meester.
'Dat kunnen ze u zelf wel vertellen. Ik moet nu gaan. Morgen

neem ik contact met u op.' Haastig pakt meneer Lichtenberg de tas van de grond en snelt naar de jeep.
'Tot morgen dan', roept meester hem na. De verbazing staat nog steeds op zijn gezicht te lezen.

'En nu weet je ook precies hoe dat gegaan is', beantwoordt Peter de laatste vraag.
Ze zitten met hun allen in een kring voor de grote tent. De rode rugzak met gestolen spullen staat naast meneer Lichtenberg op de grond.
'Pfoe Koen, dat je dat durfde!'
Ferdinand sist bewonderend tussen zijn tanden. Meer kinderen strooien met complimentjes.
Aswat glimt van trots en ook de andere drie kijken tevreden in het rond.
'Op school durft-ie niks', fluistert Jurrie naar zijn buurman.
'Maar gisteren meer dan jij', grijnst Steven. 'Niet doen, meester!' praat Steven met een angstig piepstemmetje.
Jurrie kijkt zijn klasgenoot vernietigend aan.
'Mag het even stil zijn, alsjeblieft?' vraagt juf Marleen. 'Het belangrijkste komt nog.'
Het lawaai verstomt meteen.
'Meester en ik hebben al even gekeken,' begint meneer Lichtenberg, 'maar volgens ons zijn bijna alle gestolen spullen terug.'
Nu barst het lawaai pas echt los.
'Luister nog even!' roept meester tevergeefs. De kinderen gillen en schreeuwen. Een paar meisjes staan te dansen en Ferdinand slaat zijn platte hand hoog in de lucht tegen die van Aswat.

'Allright!'[6] schreeuwt Bas in gebroken Engels.
Gwen verbetert het maar niet.
Meester Bastiaan gebaart naar de anderen, dat hij er ook niets aan kan doen. Gelukkig weet de moeder van Marjolein raad. Ze snelt naar de grote tent en komt terug met de scheepstoeter.
Toet! Toeoeoeoet!!
Gelijk is het stil.
'Goed gedaan', grijnst juf Marleen met de vingers nog in de oren.
Meester maakt snel van de gelegenheid gebruik.
'Ja, bijna alles is terug,' begint hij, 'ook het geld van Pelle!'
Nu kun je pas echt een speld horen vallen. Met opzet zwijgt meester een poosje. Haast iedereen kijkt naar Arnold. Verlegen staart de jongen naar de neuzen van zijn schoenen.
'Ik zeg bijna alles', gaat meester Bastiaan verder op een toon, waarnaar je wel moet luisteren. 'Er mist alleen een tientje.'
Bas haalt zenuwachtig zijn neus op en Jurrie wiebelt van de ene bil op de andere.
'Arnolds tientje!'
Jurrie slikt met moeite de droogte uit zijn keel. Zonder dat meester het zegt, weten de jongens precies wat hij bedoelt.
'En dat is jammer!'
Terwijl zijn hart bonst, verdwijnt Bas' hand ongemerkt in zijn broekzak. Tegelijk neemt hij een besluit, staat op en loopt op meester Bastiaan af.
'Ik heb het geld, meester', fluistert Bas nauwelijks hoorbaar en duwt het tientje in de hand van zijn onderwijzer.
Meester kijkt Bas recht in de ogen en binnen een tel neemt hij een beslissing.

6. Oké!

'Maar Arnold kunnen we ook blij maken, want Bas heeft het gevonden!'
Bas kijkt zijn meester ongelovig aan. Ook Jurrie en Pelle snappen er niks van.
'Geweldig, kerel! En goed van je, dat je het niet zelf houdt!'
Met half open mond staart Bas zijn meester aan, maar die zegt niets en trekt alleen een rare grijns op zijn gezicht.
'Geef het maar terug', hoort Bas nu.
Langzaam dringt de boodschap tot hem door. Bas voelt hoe het tientje weer in zijn hand wordt gedrukt. Gelijk draait hij zich om en loopt naar Arnold.
'Hier van jou ... sorry', zegt hij zacht.
'Bedankt.'
Iets anders weet Arnold niet terug te zeggen. Even kijkt hij zijn meester aan, maar die trekt alleen zijn wenkbrauwen op.
Bas zit inmiddels weer tussen zijn vrienden.

'Tjonge!'
'Pfoe hé', vindt Jurrie.
Bas zucht diep.
'Tof van meester', fluistert Pelle.
'Echt wel!'
Ondertussen nemen meester, juf en de moeder van Marjolein hartelijk afscheid van Peter en meneer Lichtenberg.
'Als je nog iets nodig hebt ... je weet me te vinden', zegt Peter.
Ze schudden elkaar de hand.
'Dag kanjers', roept de campingbaas naar Koen, Gwen, Aswat en Arnold.
Peter steekt zijn duim omhoog.
'Daaag!' roepen ze, terwijl de jeep toeterend het veld afrijdt.
De kinderen zwaaien net zo lang tot de beide mannen om de hoek zijn verdwenen.
'Zo, en nu is het tijd voor de zeskamp!' roept meester Bastiaan met luide stem. 'We gaan de spullen klaarzetten!'
Meteen stoot Bas zijn vrienden aan. 'Kom mee!'
Hij rent naar Arnold, die samen met Koen en Aswat aan een tafel voor de grote tent zit.
Aswat ziet de jongens hollen.
'Bas komt', fluistert hij. Verbaasd draaien de andere twee zich om.
'Hoi', groet Bas de drie een beetje stuntelig.
Aswat groet als eerste terug.
'Wij willen meester helpen!' begint Bas.
'Moet je doen', antwoordt Arnold onverschillig.
Bas en zijn vrienden voelen zich niet op hun gemak.
'Samen met jullie', knikt Jurrie.
'En ik wil vrede maken', voegt Bas met zachte stem eraan toe.
Aswat krijgt het warm van binnen. De stoerste jongens van de klas komen zomaar iets vragen.

Aarzelend steekt Bas zijn hand uit.
Koen en Aswat kijken elkaar aan.
'Echt!' Bas weet zich met zijn houding geen raad.
Meester Bastiaan ziet uit de verte het groepje jongens bij elkaar staan.
Opeens steekt Arnold zijn hand in die van Bas.
'Oké', blaast Bas opgelucht.
Nu geven de zes jongens elkaar allemaal de hand.
'Snel naar meester', roept Jurrie opeens en begint te rennen.
Op hetzelfde moment draaien meester Bastiaan en juf Marleen zich glimlachend om en doen alsof ze verschrikkelijk druk zijn.
'Meester, wij willen helpen!' roept Jurrie al van afstand.
'Geweldig!' knikt meester Bastiaan opgewekt als de jongens hijgend voor hem staan.
'Samen met Koen, Aswat en Arnold?' vraagt hij en kijkt Bas vriendelijk aan.
'Ja, samen', antwoordt Bas en ook Jurrie en Pelle knikken.
'En Gwen?' vraagt juf Marleen met opgetrokken wenkbrauwen.
'Gwen is bezig', wijst Jurrie naar de grote tent, waar Gwen het middelpunt is van de belangstelling.
'Maar ze mag best, hoor!' knikt Bas, die juf wel begrijpt.
'Mooi zo!'
'Ja, hulp van vrienden ... daar heb je wat aan op schoolkamp!' grijnst meester en met een tevreden gezicht duwt hij de jongens voor zich uit de tent in.